별안간 아씨

일러두기

1. 이것은 소설이다.
사건과 주인공이 가상의 사건, 가상의 인물이므로, 거론된 인물들의 행적 역시
소설의 상상력으로 빚은 허구다.

2. 본 편의 날짜는 모두 음력이다.

3. 척관법은 현대의 환산법에 따랐으나 일부 차이가 나는 것도 있다.

별안간

마씨

2

서자영 장편소설

고즈넉

별안간 **아(써)** 2

초판 2쇄 발행 2015년 8월 10일

지은이 서자영
펴낸이 윤승일
펴낸곳 고즈넉

출판등록 2011년 3월 30일 제319–2011–17호
주소 서울시 동작구 등용로 37, 106동 201호
대표전화 02–6269–8166 **팩스** 02–6166–9199
이메일 realfan2@naver.com

ⓒ 서자영, 2015
IISBN 978–89–6885–006–6   04810
    978–89–6885–007–3   (전2권)

차   례

꽃 중의 꽃

"그러니까 네가 병세 오라버니의 아들이라 이 말이냐?"

"그렇습니다."

"저 아이는 네 여동생이고?"

"네."

당성부부인 홍씨가 제 앞에 앉은 이를 머리끝부터 발끝까지 꼼꼼히 살펴보다 갸우뚱했다.

사촌오라비에게 일남 일녀가 있긴 하다. 그 중 그 딸이 아버지의 상을 치른 후 연이어 어머니의 병수발을 드느라 시집이 늦었다는 소식을 건너 건너 전해 듣긴 했다. 소식만 전해 들었을 뿐 이리 보는 것은 오라비의 초상 이후 오 년 만이었다.

'닮지 않았는데…….'

허나 단순히 오랜만이라 제 앞에 앉은 아이가 낯선 것은 아니었다. 아무리 봐도 종질의 외모는 조금도 제 사촌오라비를 닮지 않았다. 이리 보고 저리 봐도 오 년 전 상을 치르러 갔을 때 본 얼굴과 달라 보였다. 부부인은 제 기억이 잘못된 것인가, 나이가 들면서 눈도 늙었나 한탄하며 미간을 좁혔다.

그때 정신이 없어서 제대로 보지 못했을지도 모른다며 부부인은 다시 한 번 제 기억을 더듬었다.

"자주 안부를 여쭙지 못하였습니다."

"아니다. 나 역시 챙기지 못했던 것을. 그나저나 연락도 없이 갑자기 여긴 어쩐 일로 온 것이냐? 한양에 볼일이 있느냐?"

"세손마마께서 저희 남매에게 입궐하라 하셨습니다. 가는 길에 당고모님께서도 오늘 궐에 가신다기에 뫼시고 가려고 이리 들렀습니다."

"뭐라? 마마께서 너희 남매를 궐로 들어오라 하셨단 말이냐?"

"네, 홍낭청 어르신께서 호위무사들도 보내주셨습니다."

어제 갑자기 홍낭청이 들러 궐에 듭시라는 산의 명을 전해서 안 그래도 무슨 일인가 걱정했다. 무슨 일로 부르시는 것이냐고 여러 번 물었으나 그는 자신도 모른다고 했다.

'궐에서 종질을 만나게 해줄 생각이었단 말인가.'

그러나 만나서 반가워할 만큼 대단히 가까운 사이거나 그리운 관계가 아니다. 아마 빈궁은 이 아이들을 기억조차 못할 것이다. 왕래가 잦은 친척도 아닌데 굳이 자신에게 숨겨가며 궐로 이 아이들과 자신을 따로 부른 산의 속내는 아무리 생각해도 모를 일이라 부부인은 깊어지는 이마의 주름을 손바닥으로 여러 번 쓸었다.

한편 부부인 면전의 형수도 생판 처음 보는 사람 앞에서 땀이 흠뻑 젖은 손바닥을 바지에 문지르며 자연스럽게 행동하려고 무진 애를 쓰고 있었다. 태평하게 구는 겉과 달리 그의 속은 긴 가뭄에 갈라지는 논바닥 마냥 쩍쩍 갈라지는 중이었다. 피가 바싹바싹 말랐다.

"너희를 대체 왜 오라고 하신 것이냐?"

"그것은 저도 모르옵니다."

"연유도 모른 채 입궐하라는 명만 듣고 이리 올라왔단 말이냐?"

"네."

왜 지금껏 한 번도 연락하지 않았던 종질을 궐로 부른 것인지 도대체 모를 노릇이었다. 아무리 생각해도 산의 속내는 조금도 짐작되지 않으나 밖에 있는 홍국영의 사람들을 보면 분명 이것은 산이 시킨 일이 맞았다. 그렇다면 아무리 의아하고 미심쩍어도 따르는 수밖에 다른 도리가 없었다. 부부인은 잔뜩 궁금증이 솟아나는 제 속을 갈무리해 담았다.

일단은 큰 의심없이 부부인이 수긍한 듯 보여서 형수는 그제야 속으로 안도의 한숨을 쉬었다. 첫 번째 위기는 넘긴 셈이었다.

"오라버니, 저 들어가겠습니다."

미닫이문이 열리더니 사뿐사뿐한 걸음으로 어여쁜 처녀아이가 들어와 부부인에게 절을 올렸다. 종질의 말에 따르면, 이 아이는 자신의 종질녀였다. 제 앞에서 사근사근 웃으며 인사하는 규수를 부부인은 눈을 가늘게 뜨고 살폈다.

부부인이 기억하는 사촌오라비나 올케의 외모를 종질녀 역시 하나도 닮지 않았다. 일단 사촌오라비와 올케는 둘 다 키나 골격이 작은 편이었다. 그러나 제 앞에 앉은 종질녀는 호리 낭창한 몸매에 키가 꽤 큰 편이고 골격도 반듯했다.

그러고 보니 앉아 있는 자세가 반듯한 종질 역시 서 있을 때를 떠올려보니 후리후리한 것이 키가 썩 컸던 듯싶다. 대체 뭘 어떻게 키웠기에 두 남매가 부모를 닮지 않고 이리 큰 것인지, 이제 부부인은 신기할 지경이었다. 형수와 덕이를 번갈아보는 표정엔 서서히 호기심이 깃들기 시작했다.

어미와 아비 중 대체 누굴 어떻게 닮은 것인지 반드시 찾아내고야 말겠다는 생각으로 부부인은 아주 꼼꼼하게 두 사람의 얼굴을 살펴보았다.

부부인에게 절을 올리는 덕이가 혹여나 실수라도 할까 싶어 형수의 심장은 잔뜩 오그라들었다. 그러나 측간에 다녀와 속이 한결 편안해진 덕분인지 자태는 차분하니 고와 흠잡을 데가 없었다. 오늘따라 더 아리따워 보이자 형수의 마음이 한결 편안해졌다.

그러나 부부인은 제 종질녀가 맞는지 확인하느라 덕이 얼굴을 뚫어져라 보는 중이었다. 아리따운 것과 별개로 부부인의 눈길에 의심이 담기는 것을 보자 형수는 겨우 풀려가던 마음이 다시 바싹 조여들었다. 등 뒤로 식은땀까지 흐르기 시작했다.

"인사드리옵니다, 부부인 마님."

부부인이 놀라 눈을 동그랗게 뜨고 제 앞에 앉은 종질녀를 바라보았다.

형수의 표정에도 낭패감이 어렸다. 덕이만이 이 당혹스런 상황에서 아무렇지도 않게 웃고 있었다. 자신이 무엇을 잘못했는지조차 모르는 해맑은 미소였다. 놀란 부부인이 뭐라 말하기도 전에 형수가 얼른 끼어들었다.

"이 아이가 오랜만에 당고모님을 뵈어 어색해 이러나 봅니다. 너는 그렇다고 해서 고모님께 부부인 마님이라고 하면 어쩌느냐."

그제야 덕이가 뒤늦게 아차, 실수를 깨달은 듯 무안해했다.

'아무리 오랜만에 본 것이라 한들 어찌 부부인 마님이란 말이 당고모란 말보다 더 친숙할 수가 있단 말인가.'

애써서 속으로 밀어 넣어두었던 의심이 다시 모락모락 피어올랐다. 이젠 정말로 두 아이가 낯설게 느껴졌다.

"네, 제가 어색하여 그랬습니다, 다, 당고모님. 오랜만에 뵙지요."

고모를 대하듯 사근사근하게 구는데도 부부인의 표정은 떨떠름했다.

"오 년 만인데다 상을 치를 때는 정신이 없어 인사도 하는 둥 마는 둥 했으니 그럴 만도 하지. 정말 몰라보게 예뻐졌구나. 아주 아가씨가 다 되었어. 이제 네 나이가 몇이냐?"

"열여섯이옵니다."

"열여섯?"

부부인의 목소리가 커졌다. 분명 부부인의 기억 속에 오년 전 제 종질녀는 아주 어린아이였다. 많아야 지금 열 서넛 정도의 나이일 거라 생각했다. 열 서넛치고는 꽤 성숙한 외모다 싶었는데, 열여섯이라니! 오년 전에 꼬마아이였던 기억이 생생한데 어찌 지금 나이가 열여섯일 수 있는 건지 귀신이 곡할 노릇이 아닐 수 없었다.

'내가 벌써 치매가 오는 것인가. 내 기억이 어딘가 잘못된 것인가……'

점점 생각이 복잡해지는 부부인의 표정을 불안하게 바라보며 형수가 침을 꿀꺽 삼켰다.

"당고모님, 마마께서 기다리시겠습니다. 어서 가시지요."

"어? 그, 그래. 그러자꾸나."

형수가 이 자리를 빨리 파하는 게 좋겠다 싶어 황급히 자리에서 일어섰다. 분위기를 몰아가던 형수에게 휩쓸린 부부인이 얼결에 급하게 따라 일어서다 잠시 휘청하였다. 그 순간 재빨리 덕이가 부부인의 곁으로 다가가 부축했다.

"조심하셔야지요."

어깨와 팔을 살뜰하게 감싸는 모양새가 한두 번 시중을 들어본 솜씨가 아니었다.

온화한 표정까지 더해지니 덕이의 얼굴에서 말갛게 빛이 났다. 부부인과 마주치는 눈빛이 정답기 그지없었다. 의심으로 딱딱하게 얼어붙던 부부인의 마음도 그 순간 눈 녹듯이 녹아내렸다.

"모친이 아파 옆에서 오랫동안 수발했다더니 티가 나는구나. 많이 해본 모양새야."

"네."

덕이가 수줍게 웃으며 고개를 숙였다. 단정하게 귀를 덮은 귀밑머리에서 윤기가 흘렀다. 복숭아 빛 볼이 애기처럼 말갰고, 내리깐 속눈썹이 나비처럼 곱게 움직였다. 곱디고운 옆모습과 다소곳한 자태를 보며 부부인은 방금 전 자신이 품었던 속내가 어이없어 고개를 절레절레 내저었다.

'이 나이 때 계집은 하루하루가 다른 게 당연하거늘, 내가 늙는 것은 생각하지 못하고 아이가 크는 것이 빠르다 타박하였구나. 어리석은지고.'

짧은 자신의 소견을 책망한 부부인이 덕이의 부축을 받으면서 천천히 걸음을 옮겼다.

두 사람이 발을 맞춰 걷는 걸 보며 그제야 겨우 맘을 놓은 형수가 참고 있던 숨을 토해냈다.

형수의 곁을 스쳐 지나며 덕이가 눈을 찡긋거렸다. 형수가 인상을 잔뜩 구기면서 덕이를 노려보았다. 하마터면 큰일날 뻔하지 않았느냐! 매서운 눈길로 쏘아보았지만 눙치듯 받아넘기며 덕이가 넉살 좋게 씩 웃었다. 그래도 무사히 넘어갔으니 됐잖아요, 하는 표정이었다.

형수가 결국 허탈한 웃음을 터뜨리고 말았다.

측간이 급하다고 난리를 쳐 깊이 생각해보지도 못한 채 일단 부부인의 집으로 와버렸다. 형수는 부부인에게 자초지종을 모두 밝히겠다고 했으나 덕이는 맨 몸으로 부딪혀야 한다고 우겼다. 어차피 이곳에서 정체가 들킬 정도밖에 안 된다면 궐까지 갈 필요도 없이 이 판은 나가리라는 게 그녀의 주장이었다. 배를 틀어잡고 끙끙거리는 와중에도 덕이는 종질인 척 행세를 해야 한다며 제 고집을 꺾지 않았다.

고민 끝에 덕이의 뜻에 따르기로 결심했다. 자초지종을 잘못 설명했다가 경을 치고 쫓겨날지도 모른다는 걱정이 들기도 했고, 덕이의 말도 일리가 있다고 생각했기 때문이다. 결과적으로는 무사히 잘 넘어갔으나 태어나 처음으로 이리 대담한 거짓말을 해본 형수는 순간적으로 온몸에 힘이 쭉 풀려 다리가 후들거릴 지경이었다.

그래도 어쨌거나 위기의 순간을 무사히 넘겼다. 거기다 덕이가 의심 사지 않을 정도는 된다는 것을 확인했으니 되었다. 자신감을 되찾은 형수가 조금 가벼워진 발걸음으로 둘의 뒤를 따라 방을 나섰다.

한편 부부인과 형수가 함께 궐에 오고 있다는 연통을 받은 산과 국영은 대체 바깥 일이 어떻게 돌아가고 있는지 예측할 수 없어 당황스러웠다.

부부인이 오면 모두에게 다 밝히려던 산의 계획은 완전히 틀어졌다. 산은 일단 빈궁전의 사람을 모두 물린 후 세자익위사를 불러 보초를 서게 했다. 그리고 호조판서 채제공을 은밀히 불렀다.

"내 이따 부부인께서 들어오시면 그때 말하려 했으나 바깥의 일이 예상치 못한 방향으로 흘러가 버린 까닭에 두 사람에게 미리 사실을 밝히려 하오."

빈궁과 채제공을 앉혀놓고 산은 달포 간 있었던 이야기를 털어놓았다.

영문을 모른 채 불려와 차나 한 잔 마시는 줄 알고 느긋하게 앉아 있던 두 사람은 산의 이야기를 들으면서 점점 딱딱하게 굳어갔다. 이렇게 요조숙녀로 만든 노비 덕이를 규식에게 시집보낼 것이라 말하는 부분에 이르자 채제공은 그대로 얼었고 빈궁은 입을 딱 벌렸다. 그러거나 말거나 산은 태연한 표정으로 말을 이었다.

"그래서 지금 부부인과 강형수 그리고 덕이가 함께 이 궁으로 오고 있소. 공식적으로 강형수와 덕이는 부부인의 종질, 종질녀요. 원래는 따로 오게 할 참이었는데 어찌 같이 오게 된 건지는 나도 모르겠소. 부부인이 강형수에게 무슨 이야기를 어디까지 들었는지도 모르겠고. 그쪽은 따로 수습해야 할 것 같아 두 사람에게 미리 말해두는 것이오."

"그러니까 노비 계집과 서얼을 저의 육촌이라고 거짓으로 꾸며 모두를 속일 작정이다, 이 말씀이십니까?"

"무조건 속일 게 아니오. 속일 만큼 그 노비가 양갓집 규수의 모양새를 갖추고 있으면 그때 할 작정이오."

"마마, 이 일은 너무 위험하옵니다."

"네, 마마. 저도 호판대감과 같은 생각이옵니다. 혹여나 일이 잘못되기라도 하면……."

채판서의 말을 이어 빈궁이 막 입을 떼는 순간, 국영의 목소리가 방안을 울렸다.

"마마, 부부인과 부부인의 종질, 종질녀 함께 드셨사옵니다."

"뫼시게."

일순 방안에 앉은 이들 사이에 묘한 긴장감이 감돌았다. 머뭇거리며 서로 눈치를 살피는 사이 천천히 미닫이문이 열리더니 부부인이 먼저 안으로 들어섰다. 형수와 덕이가 그 뒤를 따라 들어와 다소곳이 절을 올렸다.

채판서와 빈궁이 잔뜩 긴장한 얼굴로 부부인 뒤에 선 형수와 덕이를 살펴보았다. 산 역시 평정을 가장했으나 속으로는 자신도 모르게 흥분하고 있었다. 기대감에 찬 시선이 부부인의 뒤에 선 두 사람, 그 중에서도 특히 덕이를 빠르게 훑었다.

"마마, 그간 강령하셨사옵니까?"

"부부인께서도 별고 없으셨습니까?"

"네, 마마께서 언제나 살뜰히 살펴주시는 덕분에 신첩은 무탈하였사옵니다."

"별말씀을요. 저 뒤의 두 사람이 부부인의 종질과 종질녀라구요?"

"네, 마마. 마마께서 부르셨다면서요. 저도 오늘 아침에야 종질에게 얘길 들었습니다. 이르실 말씀이 있어 부르셨다고 하던데 무슨 일이옵니까?"

산의 입가에 미소가 피어올랐다. 되었다. 무슨 연유로 형수와 덕이가 부부인의 집에 들렀는지는 나중에 물을 일이고 어떻게 둘러댔

느지 역시 후에 들을 일이다. 지금 중요한 것은 부부인이 저 둘을 자신의 종질과 종질녀로 믿고 있다는 것이다.

두 사람을 태연히 종질과 종질녀라 소개하는 부부인을 보자 빈궁과 채판서는 기가 막혔다. 부부인조차 착각했을 정도니 해볼 만하다고 산이 확신할 게 분명했다. 빈궁과 채판서가 걱정스러운 시선을 교환했다.

그러는 사이, 이미 산은 덕이를 가까이 오라 이른 뒤 찬찬히 살펴보는 중이었다.

가벼우면서도 기품 있는 걸음걸이, 고요한 시선, 반짝이는 두 눈과 영특해 보이는 되똑한 코끝, 통통하면서도 붉은 두 뺨, 우아하게 긴 목과 가녀린 어깨까지. 덕이의 겉모습은 거의 완벽했다. 조선 최고의 기방 옥루각 행수의 솜씨니 외양만큼은…… 머리끝부터 발끝까지 어느 곳 하나 흠잡을 데가 없었다.

산은 덕이에게 앉아라, 일어서라, 절을 해보아라 갖가지 동작을 시키며 자태를 꼼꼼히 관찰했다. 덕이는 눈을 내리깐 채 산이 명하는 대로 고분고분 행하였다. 부부인이 제 종질녀를 똥강아지 훈련시키는 듯하는 기분이 들자 언짢기까지 했다. 대체 자신의 종질녀에게 왜 산이 저런 것을 하라는 건지 이해할 수 없었다. 그러나 부부인을 제외하고는 내실의 모든 이들이 심각하고 진지하게 그녀에게 집중해 있었다. 덕이의 행동거지에 따라 내실의 공기가 수축했다가 팽창하기를 반복했다.

그 속에서 형수는 태연을 가장한 얼굴로 단정하게 무릎을 꿇고 앉아 있었다. 그러나 주먹 쥔 두 손은 연신 떨리고 있었고 이미 땀까지 흥건하게 배어 나와 척척했다.

형수가 젖은 두 주먹을 바르작거리는 순간 덕이의 손끝이 눈에 들어왔다. 덕이의 손끝도 바르르 떨리고 있었다. 덕이의 긴장감이 곧장 형수에게 옮아왔다. 형수의 심장이 갑자기 빠르게 뛰기 시작했다. 입안의 침이 바싹 말라 혀가 안으로 말려들어 갔다.

이리저리 덕이의 자태를 꼼꼼히 살피던 산이 무릎을 치며 호탕한 웃음을 터뜨리고 나서야 형수는 마음을 놓을 수 있었다. 귀가 먹먹하게 울릴 정도로 뛰던 심장이 조금씩 진정되기 시작했다.

"어떠한가? 기가 막히지 않은가?"

산은 호쾌하게 웃었고 뒤에 물러앉은 국영 역시 만족스런 미소를 지었다.

부부인은 영문을 알 수 없다는 얼굴이었고 빈궁과 채판서는 낙심한 표정을 감추지 못했다.

잠깐 고개를 숙이고 있던 채판서가 갑자기 고개를 번쩍 들었다.

"어찌 요조숙녀를 자태만 보고 판단한단 말입니까. 무엇을 알고 있느냐, 무엇을 할 줄 아느냐가 제일 중요한 법이지요. 학식은 얼마나 깊은지, 글은 쓸 줄 아는지도 봐야 하지 않겠습니까."

빈궁 역시 고개를 끄덕이며 동의했다.

"호판의 말이 맞습니다."

산이 국영을 향해 눈짓했다. 국영이 재빨리 덕이의 앞에 문방사우를 가져다 놓았다.

"그럼 저 아이가 먹을 가는 동안 부부인께 이게 어찌된 일인지 설명해드리겠소."

산이 부부인에게 자초지종을 털어놓는 사이, 형수가 먹을 가는 덕이 곁으로 움직였다.

"할 수 있겠느냐?"

먹을 갈던 덕이가 눈만 굴려 제 옆에 앉은 이가 형수인 것을 확인한 뒤 낮게 속삭였다.

"배가 고파 죽겠습니다."

"뭐? 뭐라?"

덕이가 손으로 제 배를 감쌌다.

"아침을 부실하게 먹은 데다 아까 측간까지 다녀와서 한바탕 쏟아냈더니 속이 허해서 아주 죽겠습니다. 붓을 잡을 힘도 없습니다."

이 엄한 곳에서 배고픔이 앞설 수 있다니 대담하다고 해야 할지 속이 없다고 해야 할지 모를 노릇이었다. 배탈이 나서 한바탕 난리가 났는데 배가 고픈 것도 곤란한 일을 만들지 말라는 보장이 없어 형수가 소매 안을 뒤졌다. 작게 접힌 종이를 내밀며 속삭였다.

"공진단이다. 일단 이거라도 먹어라. 그럼 허기는 면할 것이다."

"약입니까? 약은 싫습니다. 쓰지 않습니까."

"일단 그거라도 먹어둬야 글을 쓸 것 아니냐. 다 망칠 셈이냐."

형수가 눈을 부라리자 덕이가 내키지 않는 얼굴로 동그랗게 접힌 종이 안에 둥글게 뭉쳐진 검은 덩어리를 꺼내 입에 넣고 단번에 삼켰다.

"실수 없이 해야 한다."

"글을 쓰다 배가 고파서 쓰러지지만 않으면요."

이건 용감한 건지 무식한 건지 대책이 없는건지 자신감이 넘치는 건지 모를 일이었다. 어쩌자고 이렇게 사람을 불안에 떨게 만드는지, 도무지 덕이를 종잡을 수 없었다.

한편 산에게 자초지종을 들은 부부인은 말을 잇지 못하고 넋이 나간 얼굴로 산과 채판서 그리고 빈궁을 번갈아보기만 했다.

"어머니."

보다 못한 빈궁이 조용히 부부인을 부르자 그제야 허공을 어지러이 돌아다니던 부부인의 시선이 빈궁에게 가서 닿았다. 눈을 두어 번 끔뻑거린 뒤 잠시 정신을 차리는 듯했으나 이내 시선은 다시 갈 곳을 잃고 흩어졌다. 부부인이 여전히 혼란스러운 얼굴로 산을 보았다.

"허나…… 아마 저들은 제 종질이 맞사옵니다. 제 종질은 오년 전에 아비를 잃었고 그 후부터 종질녀가 어미의 병 구환을 하였습니다. 저들이 꾸며낸 자들이라면 어찌 저희 집안의 일을 이리 상세히 알고 있단 말입니까?"

"그건 제가 미리 조사해서 마마께 알려드렸기 때문이옵니다."

국영이 대신 조용히 대답했다. 부부인이 놀란 얼굴로 국영을 돌아보았다.

"좌의정 대감이 혹할 정도로 집안과 가문이 괜찮은, 그러나 당장은 한양에 올 수 없는 가문의 여식이 필요했습니다. 찾던 중 부부인의 종질녀가 마마께서 찾던 그런 규수였습니다. 그래서……."

"그럼 애초에 이럴 작정으로 적당한 규수를 먼저 물색하신 겝니까?"

"그렇소."

"저 아이가 아니어도, 어느 아이든 데려올 생각이셨던 게군요."

"맞소. 그러니 저 아이가 잘해내기를, 우리 모두 바라야 하오. 아니면 내가 앞으로 하려는 일들에 많은 지장이 있을 것이오."

단호한 의지가 서린 음성이었다. 채판서는 이것이 말릴 수 없는 일이라는 것을 직감했다. 그렇다며 산의 말대로 저 아이가 잘해주기를 바라는 게 지금으로선 최선이었다.

"다 되었습니다."

영롱하지만 낮게 울리는 덕이의 목소리에 모두의 시선이 그녀를 향했다.

"네가 좋아하는 시를 한 수 적어보거라."

"네."

덕이가 붓을 잡았다.

모두가 긴장한 얼굴로 덕이의 손끝을 좇았다.

숨을 닫은 덕이가 침착하게 한자 한자 글을 써내려갔다. 바라보는 이들의 숨소리조차 잠시 멈춰버린 방안엔 그녀의 붓이 종이 위를 스치는 소리만 울릴 뿐이었다. 잠시 후, 덕이가 붓을 내려놓았다.

국영이 재빨리 덕이가 쓴 글을 가져가 산에게 바쳤다.

문체는 큰 기교 없이 단정했다. 중간 중간에 삐뚤삐뚤한 흔적이 여전히 남아 있어 잘 쓴 글씨라 하기에는 부족했으나 다행히 흠이 될 만한 악필도 아니었다. 그것만으로도 충분히 흡족했는지 산이 소리 내어 시를 읽었다.

"돌아가고픈 마음 아득히 먼 하늘에 뻗쳤는데 만 리 밖 누에 오르니 바람만 모자 가득, 이 몸 정처 없음 이미 믿고 있었으니 내년엔 어디에서 가을 기러기 소리 들으려나. 이것은 포은의 시 아니냐. 네가 포은의 시를 어찌 아느냐?"

"그리워하는 마음이 가득 담긴 시라서 외웠습니다."

"무엇을 그리워하는 것이더냐?"

형수가 초조함에 바싹 마른 입술을 혀로 축이며 고개를 숙였다.

무엇을 그리워하는지, 덕이가 알 리 없었다. 덕이는 시를 잘 외우긴 했으나 형수가 해주는 시의 해석은 듣기 싫어했다. 제 마음에 드는 시를, 제 마음대로 해석해서, 제가 원하는 만큼 외웠다. 시는 결국 지극히 개인적인 감상인데 왜 꼭 정해진 대로 해석해야 하느냐고 덕이는 시를 가르치려는 형수에게 되레 따지곤 했다. 아무리 귀에 인이 박히도록 이야기를 해줘도 듣질 않았다.

그나마 외우는 게 어디냐 싶어서 형수 역시 어느 순간부터 덕이에게 시에 대해 설명해주는 것을 포기했다. 그것 외에도 가르칠 것이 태산이어서 시간에 쫓겼던 형수는 덕이와 실랑이할 여력이 없었다. 시의 해석을 최대관이 물을 리 없으니 그저 저 좋을 대로 많이 외우기만 하면 되지, 라고 단순하게 생각하며 문제를 모른 척 덮어버렸다. 이런 시험을 치를 줄은 예상치 못했다.

"포은이 어떤 사람인지 아느냐? 어떤 상황에서 누구를 그리워하며 쓴 시인지 아느냔 말이다."

모두가 노비에 불과했던 그녀의 대답을 기다리느라 귀를 쫑긋 세우고 있었다.

"포은이 누구인지 모르옵니다. 어떤 상황에서 쓴 시인지도 모르옵니다."

덕이의 대답은 모두의 기대감을 무너뜨리며 예상을 뒤엎는 것이었다.

"뭐라?"

"그것을 왜 알아야 하옵니까?"

오히려 덕이는 태연한 표정으로 천연덕스럽게 반문했다.

"시를 감상하는 데 있어 그러한 것이 중요하다고 생각지 않습니다. 누가 썼느냐, 왜 썼느냐보다 그 시가 읽는 이에게 어찌 읽히느냐가 더 중요한 것 아니겠습니까. 글이라는 것은 한 번 쓰이고 나면 더 이상 글을 쓴 자의 것이 아니라 읽는 자의 것이라 생각합니다. 쓴 이가 무엇을 그리워하며 썼는지보다 읽는 이가 어찌 읽느냐가 더 중요하다고 생각하옵니다. 저는 임을 그리워하는 마음으로 이 시를 읽었습니다. 제겐 그리 읽혔습니다."

형수의 입이 헤 벌어졌다. 가르치지 않은 게 오히려 낫다 싶은 대답이었다. 재빨리 좌중을 둘러보았다. 산의 입가에는 만족스런 미소가 머물러 있었다. 대답이 마음에 드는 눈치였다. 빈궁과 채판서 역시 썩 놀란 얼굴이었으나 다행히 불쾌한 표정은 아니었다. 그제야 형수가 뿌듯한 얼굴로 당당히 가슴을 폈다. 초조와 긴장이 썰물처럼 빠져나갔다. 그리고 덕이에 대한 뿌듯함과 기특함이 밀물처럼 밀려왔다. 예상치 못한 상황에서도 당황하지 않고, 저보다 지체 높은 양반들 앞에서도 당당한 이 여인이 제가 가르친 아이였다. 제 손으로 만든 아이였다. 형수가 손가락으로 눈썹 끝을 매만지며 고개를 숙였다. 웃음이 새는 것을 참기 위해 입술을 안으로 말아넣었다.

"어떻소, 호판? 이 정도면 썩 훌륭하지 않은가. 어디 내놔도 부끄럽지 않을 규수 아니냔 말이오."

"그러하옵니다, 저하. 참으로 놀랐습니다."

산이 흐뭇한 얼굴로 형수를 보았다.

"네가 아주 공부를 잘 시켰구나."

"황공하옵니다, 마마."

"자, 그럼."

"마마!"

빈궁이 다급하게 산의 말을 중간에 잘랐다. 평소 순하고 고요한 빈궁의 성품으로는 좀처럼 있을 수 없는 일이었다. 노비가 요조숙녀가 되는 것만큼이나 지금 참견하는 빈궁의 태도도 예상치 못한 것이었다. 그만큼 빈궁에겐 이 사태가 위험하게 느껴진 것이다.

어린 시절 산과 혼인하여 궐에 들어온 이후로 빈궁은 늘 살얼음판 위를 걷는 사람처럼 숨 쉬는 것조차 조심하며 살아왔다. 매사를 살피고 또 살피면서 산의 뒤에서 보이지 않는 내조를 했다. 이제 산이 보위에 오를 일만 남았으니 이 고생은 끝났다고 여겼다. 더 이상 초조해하지 않아도 될 것이라 생각했다. 헌데 이게 웬일인가. 산 넘어 산이 아닐 수 없었다. 돌다리도 두들겨보고 건너는 삶을 살아온 빈궁에게 있어 이 일은 결코 묵과할 수 없었다. 자신의 친정 가문까지 엮여 잘못되면 큰 파장을 불러올 수 있었다. 막고 싶었다. 어떻게든 막아야 했다.

"왜 그러시오?"

산은 기분이 상한 듯했으나, 빈궁은 그것을 따질 계제가 아니었다. 일단 산을 말리는 게 우선이었다.

"마마, 짧은 시간 동안 자태와 공부는 시킬 수 있을지 모르나 절대로 가르칠 수 없는 게 있사옵니다."

"그게 무엇이오?"

"가정교육, 그것도 가장 기본 중의 기본 교육인 바로 밥상머리 예절이옵니다. 노비로 긴 세월 살았다면 언제나 배를 주렸을 것입니다. 맛있는 음식을 앞에 두고도 선비처럼 태연한 마음가짐과 자세로 배가 차지 않을 만큼 먹는 것은 숙녀의 기본입니다. 수라간에 일러 상을 차려오라 하시옵소서. 과연 규수와 같은 자태로 밥을 먹는지 보시옵소서."

일리가 있는 말이었다. 실제 다도 할 때의 자세와 밥상에서의 행실은 가정교육을 판가름하는 주요한 태도였다. 여자의 자태를 보기 위해 밥을 같이 먹으면서 선을 보는 경우도 간혹 있었던 만큼 빈궁의 지적은 옳은 것이었다.

"수라간에 일러라. 점심 수라는 이곳에서 함께 들 것이다."

"네."

국영이 머리를 조아리며 밖으로 나갔다.

형수가 떨리는 시선을 애써 숨기며 덕이를 흘깃 보았다.

점심이라는 말에 이미 덕이는 잔뜩 흥분한 듯했다. 안 그래도 배가 고파 죽겠다는 애 앞에 궐의 진수성찬이 차려지면 어떤 일이 벌어질지 예측하기 어려웠다. 아무렇지도 않은 얼굴로 새침하게 밥을 먹을 것 같기도 했고, 음식을 보면 이성을 잃을 것 같기도 했다. 어디로 튈지 알 수 없어 더 떨렸다.

잠시 후 궁녀들이 상을 들고 들어왔다. 산은 구첩, 나머지는 칠첩 반상이었다. 화려하진 않았으나 음식은 정갈했고 먹음직스럽게 색감이 잘 배열되어 있어 식욕을 돋웠다. 입이 소태같이 써서 숟가락도 들기 싫은 형수가 보기에도 음식은 먹음직스러워보였다. 덕이가 흥분하는 것은 당연지사였다.

그녀의 눈은 이미 부담스러울 정도로 반짝반짝 빛나고 있었다. 음식에서 눈을 못 떼는 덕이를 보자 빈궁은 일말의 기대를 품을 수 있었다. 아니 빈궁은 덕이의 밑천이 여기서 다 드러날 거라는 확신까지 들었다.

"기미하겠습니다."

기미 상궁이 기미를 한 후 물러났다. 산이 수저를 들었다. 덕이의 손이 숟가락으로 막 돌진하는 것을 본 형수가 다급하게 치맛자락을 뒤로 당겼다. 들썩거리던 덕이가 형수의 눈치를 살피더니 아, 하며 자세를 일단 바르게 했다. 그 사이 차례대로 방에 앉은 이들이 수

저를 들었다. 제 순서가 다가오자 형수가 뒤에서 몰래 당기고 있던 덕이의 치맛자락을 놓았다. 형수가 지금껏 받아본 밥상 중에서 가장 무거운 밥상의 수저를 들고 난 뒤 마지막으로 덕이가 수저를 들었다.

눈이 다 번쩍거리며 덕이가 아주 먹음직스럽게 밥을 떴다. 형수는 연신 곁눈질로 살피느라 밥이 코로 넘어가는지, 입으로 넘어가는지도 모를 지경이었다. 숟가락질을 제대로 하고 있는지, 저분질은 반듯한지, 너무 많은 음식을 한꺼번에 입 속에 넣은 것은 아닌지, 소리내어 먹고 있지는 않는지, 하나하나 살피느라 정작 자신이 어떤 꼴로 밥을 먹고 있는지는 신경 쓰지 못했다.

산과 빈궁 쪽에서 덕이가 잘 보이지 않게 허리를 꼿꼿이 세운 형수가 무릎으로 덕이를 툭툭 치며 끊임없이 눈치를 줬다. 밥을 우물거리며 덕이가 자꾸 귀찮게 하는 형수를 보았다. 형수가 눈을 부라렸으나 덕이는 신경 쓰지 않고 음식에 집중할 뿐이었다.

시험을 보는 덕이보다 형수가 더 긴장한 까닭에 입안 가득 돌을 씹는 기분이었다. 빈궁이 덕이 쪽을 바라볼 때마다 오금이 저려 몸에 있는 솜털이 다 곤두서는 것 같았다.

형수가 두어 숟갈을 겨우 떴을 때쯤 결국 일이 터졌다. 덕이가 갈비를 들었다가 놓친 것이다.

천운인지 갈비를 놓치는 것을 본 것은 형수뿐이었다. 허공을 향해 날아가는 갈비를 보는 순간, 형수는 재빨리 기지를 발휘했다. 고기가 바닥에 떨어지기 직전, 형수가 갑작스럽게 기침이 터진 사람처럼 온몸을 격렬히 흔들며 콜록거렸다.

형수의 움직임에 상이 흔들리며 국이 쏟아졌다. 갈비가 떨어지는 지점에 맞추어 형수가 고개를 앞으로 확 숙였다. 갈비가 툭, 그의 머리를 타고 내려와 도포로 떨어졌다. 몸을 숙인 형수가 재빨리 그것을 손으로 감쌌다.

"자네, 괜찮은가?"

"송구하옵니다. 고뿔이 심하게 걸려서."

"이런, 조심하여야지. 내의원에 약 한 재 지어두라 이르겠네."

"망극하옵니다, 저하. 신경 쓰지 마옵소서. 약은 먹고 있사옵니다."

몸을 바로 세우며 형수가 흐트러진 의관을 정제했다.

소매 안에서 손수건을 꺼내 도포자락에 흐른 국물을 닦는 척하면서 갈비가 묻은 부분을 문질러 닦았다. 그리고 손에 쥐고 있던 갈비를 손수건으로 감쌌다.

큰 사단이 일어날 뻔한 위기를 겨우 넘긴 후에야 비로소 정신을 차린 듯 덕이가 얌전히 밥을 먹기 시작했다. 먹는 속도가 느려졌고, 저분질이 차분해졌다. 허리를 꼿꼿이 세워 흐트러짐 없는 자세로 무사히 식사를 마쳤다.

상이 나간 후에야 비로소 형수가 안도했다. 빈궁의 얼굴엔 실망감이 역력했다. 흥건하게 젖은 등 뒤가 이제야 마르는 듯 한기가 느껴졌다. 형수가 몸을 부르르 떨었다.

상을 모두 물린 뒤엔 빈궁도 더 이상 반대하지 못했다. 산이 미리 준비해둔 것을 국영에게 가져오게 했다.

　"최대관의 사주다."

　국영이 산의 교서를 형수에게 건넸다. 형수가 공손히 그것을 두 손으로 받아 펼쳐보았다.

　"앞으로 너는 덕이가 아니라 홍소저다. 이제부터 홍씨 가문의 규수라는 것을 명심하고 행실을 더욱 반듯이 해야 할 것이다. 집에서 부르는 이름은 정원으로 하여라."

　"네."

　"최대관의 사주에 맞추어 홍소저의 사주를 만들어야 한다. 궁합을 맞출 줄 아느냐?"

　"네."

　"기가 막히게 만들어야 한다. 재취이니만큼 좌의정은 더 꼼꼼하게 살필 것이다."

　"명심하겠습니다."

　"최대관의 사주가 어떻다고 보느냐?"

　형수가 재빨리 눈으로 사주를 훑었다. 규식의 사주는 썩 괜찮은 편이었다.

　"신강한 관인상생의 사주인데다가 겁재를 정관이 누르고 있어 적을 이기는 구조입니다. 관직에서 승승장구할 좋은 사주입니다. 허나……."

"허나?"

"부인궁이 충을 맞고 있으니 왜 첫 번째 부인이 단명했는지 알겠습니다."

"잘 보았다. 그럼 왜 좌의정이 며느리의 사주를 중요시 하는지도 알겠구나."

"네. 헌데 어찌하여 첫 번째 혼인은 명운을 피해가지 못한 것입니까? 부인궁이 쟁재로 충을 맞고 있는 것을 좌의정 대감이 몰랐을 리 없지 않습니까. 피하자면 피할 수 있었을 텐데요."

"알긴 했으나 규수들 중 일지에 오화가 들어 그 충을 풀어줄 수 있는 처녀의 사주에 겁재와 상관이 많이 들어 있어 꺼렸다고 들었다. 게다가 첫 번째 며느리의 사주가 워낙에 좋아서 욕심이 났던 모양이야. 그러니 인생이 참 재밌지 않느냐. 나는 새도 떨어뜨린다는 천하의 좌의정 대감도 결국 아들의 명식은 피해가질 못했으니. 그러니 그게 운명인 게지."

"운명 때문이 아니라 인간의 욕심 때문이겠지요. 최대관의 사주가 이런 것을 알면서도 결혼을 강행한 첫 번째 며느리의 친정 역시 인간의 욕심 때문에 결국 애꿎은 딸을 잃은 것 아니겠습니까."

"아무튼 이번엔 그 때문에 더 오기가 나서 며느리를 고르는 데 까다롭기 그지없을 것이다. 왕실의 삼간택을 능가할 정도로 따지겠노라 좌의정의 기세가 대단하다 하니 단단히 준비하여야 할 것이다."

"매파가 들른 다른 집들은 어디입니까?"

"다섯 집이다. 경희 공주마마의 손녀딸, 영의정 대감의 처조카, 평안감사의 고명딸, 병판의 막내딸, 도승지의 넷째 여동생이다. 모두 권세면 권세, 재물이면 재물, 학식이면 학식 무엇 하나 빠지지 않는 가문의 요조숙녀들이다. 미리 홍낭청이 은밀히 알아보니 다섯 규수 모두 외모가 뛰어날 뿐 아니라 행실 역시 음전하기로 소문난 처녀들이라 한다. 그러니 매파를 만나기 전에 철저히 준비해야 할 것이야. 일단 그 다섯 규수들보다 월등히 나아 매파의 눈에 드는 것이 첫 번째 과제다. 알겠느냐?"

"네."

"최대관을 만날 때 어찌할지, 생각해둔 것은 있느냐?"

"네. 그런데 제가 생각한 것을 실행하기 위해선 부부인 마님과 채 대감마님의 도움이 필요하옵니다."

"그것이 무엇이냐?"

형수가 신사임당 작전을 설명했다. 형수의 설명에 채판서와 부부인의 얼굴엔 걱정스러운 기색이 가득했으나 산의 입가엔 흥미로운 미소가 연신 떠올랐다. 빈궁의 낯빛은 순식간에 하얗게 질렸다.

"너무 위험합니다."

"어찌 빈궁은 그리 걱정만 하시는 겝니까."

"마마."

"썩 괜찮은 생각 아닙니까. 그리 위험하지도 않아요. 그저 채판서께서는 바람잡이 역할만 하면 될 일이고, 부부인께서는 눈 질끈 감고 모른 척해주시기만 하면 되는 것 아닙니까. 어차피 준비는 저이가 다 할 것인데요. 너무 걱정 마세요, 빈궁."

빈궁을 안심시키며 이번에는 채판서와 부부인을 돌아보았다.

"협조해주세요. 두 분이 잘 도와주시리라 믿습니다."

"여부가 있겠습니까, 마마. 신 최선을 다할 것입니다."

"신첩 역시 도움이 될 수 있다면 무엇이든 할 것이옵니다."

제 앞에 머리를 조아린 이들을 천천히 둘러보던 산의 시선이 마지막으로 형수에게 가 멈추었다.

"조금의 실수도 없도록 만반의 준비를 하여야 할 것이다."

"네, 명심, 또 명심하겠습니다."

"부부인께서는 내일 매파를 집으로 불러 홍소저를 선보이세요. 부인의 종질녀라 말씀하시면 됩니다."

"네."

"내일 매파 편으로 사주를 보내야 하니, 그대는 오늘 바로 홍소저의 사주를 만들어야 할 것이다."

"네."

"마마, 혹시 좌의정이 내향으로 사람이라도 보내면 어찌하옵니까?"

"그것은 제게 생각이 있사오니 맡겨주십시오."

겨우 생각해낸 빈궁의 마지막 거부의사마저도 형수의 말에 막혔다. 그제야 완전히 포기한 듯 빈궁이 뒤로 물러앉았다.

"신사임당 작전을 시행할 만한 적당한 잔칫날이 근자에 있는가?"

"나흘 뒤 우의정 대감 아들의 혼례가 있지 않사옵니까."

"나흘 뒤면 너무 촉박하지 않겠습니까."

산이 형수를 보았다.

"촉박하겠느냐?"

"매파를 내일 볼 거라면, 나흘 뒤가 차라리 낫습니다."

"그럼 나흘 뒤인 혼례날 한 치의 어긋남이 없이 시행할 수 있도록 철저히 준비하여야 할 것이다."

"예, 명을 받잡겠사옵니다."

궐에서 나온 형수와 덕이는 곧장 부부인의 집으로 들어갔다.

월향은 부러 시끌벅적하게 굴어 부부인의 종질이 지난 밤 자신의 집에 머물렀다 갔다는 소문을 퍼트린 후 형수의 소지품을 챙겨 보냈다. 다른 이들의 눈에는 하룻밤 머문 도령이 두고 간 물건처럼 보이게 짐을 꾸렸다. 월향은 겉으로 드러난 형수의 짐 속에 덕이의 짐을 보이지 않게 숨겨 함께 보냈다.

부부인의 집에 들어오자마자 형수는 곧장 규식의 사주를 들여다보았다.

일단 충을 맞고 있는 부인 궁부터 풀어야 했으니 일지는 무조건 오화로 두어야 했다. 일지를 오화로 두면 남편 궁에 재를 깔게 되니 재생관이라, 관을 잘 모시는 데다 관의 힘을 키워 규식의 사주에 들어있는 비겁을 견제하게 할 수 있었다.

일지를 해결한 형수가 일간을 보았다. 규식의 일간은 금이었다. 무심결에 덕이의 일간에 토를 썼다가 형수가 고개를 갸웃하며 글자를 지웠다. 토생금이긴 하나 잘못하면 토다금매가 되어 금이 흙에 묻혀 세상에 진가를 발휘하지 못할 수 있는 판이었다. 게다가 규식의 월간엔 토가 있으니 더더욱 여자의 일간이 토여서는 안 될 듯했다. 그렇다고 금을 극하는 화 역시 좋지 못했다. 이럴 때는 일간을 수로 두어 신강한 금을 상생으로 부드럽게 만드는 게 나을 듯했다.

가장 중요한 일주가 해결되었으니 나머지는 적당히 맞추면 될 일이었다. 형수는 나머지 자리에 오행을 상생이 되게 배치하되 신약하게 하고 모든 재물이 관으로 흘러가는 재생격 사주로 만들었다. 십신과 오행을 모두 맞춘 후에는 거기에 맞는 시간, 일, 월, 년도를 찾았다.

하룻밤을 꼬박 새워 사주를 만든 후 형수는 곧장 부부인에게 건너갔다.

"홍소저의 사주를 만들었습니다. 이것을 매파에게 건네면 될 것입니다."

형수가 밀봉된 흰 봉투를 부부인에게 건넸다.

"나이는 열아홉이라 하시옵소서."

"너무 많지 않은가? 아무리 아비의 장례와 어미의 병으로 혼인이 늦었다고는 하나, 열아홉은 지나치게 늦은 나이 아닌가?"

"사주에 맞추다보니 그리 되었습니다. 부부인께서 잘 말씀해주십시오. 혹시 사주를 더 자세히 묻거든 계집의 것이라 잘 기억나지 않는다 하십시오. 너무 꼼꼼하게 말을 맞추다보면 어느 순간 조금이라도 어긋날 경우 몽땅 들통나 일을 그르치기 쉽습니다. 완벽하지 못할 거라면 적당히 허술한 게 차라리 낫습니다. 피할 곳도 많고 도망칠 곳도 많으니까요."

"하긴, 말해놓고 다음번에 실수하는 것보단 아예 처음부터 모른다고 하는 게 낫지. 그래 다른 준비는 잘 되어가고 있는가?"

"네, 나중에 부부인 마님께서도 연습을 할 때 와서 도와주셔야 합니다."

"그럼, 필요하다면 뭐든 도와야지."

"매파는 언제 오기로 했습니까?"

"이제 곧 올 것이야."

"그럼 소인은 이만 물러가 있겠습니다."

"그러게."

형수가 부부인에게 절을 한 뒤 밖으로 나갔다.

부부인이 떨리는 시선으로 형수가 주고 간 봉투를 바라보았다. 얼결에 맡기는 했으나 이게 잘하는 짓인지 여전히 확신할 수 없었다. 하얗게 질려 있던 딸이 머릿속에서 어른거릴 때마다 누가 숨통을 틀어쥐고 있는 것 마냥 가슴이 꽉 막혔다.

"필부의 아내로 살았으면 훨씬 좋았을 것을. 뭐하러 간택은 되어서……."

홀로 되어 키워낸 금쪽 같이 귀한 딸을 궐에 보내놓고 단 한순간도 편히 자본 적이 없었다. 그 딸을 위해서라면 목숨마저 내어줄 수 있는 게 어미였다.

죽어도 좋았다. 딸을 위해 죽는 것이 두려웠던 적은 단 한 번도 없었다. 다만 지금 망설여지는 것은 이 일이 과연 딸을 위한 일인가, 그것이었다.

이제 곧 국모의 자리에 오른다고는 하나 슬하에 자식이 없으니 자칫하면 끈 떨어진 연 꼴이 되기 쉬운 처지였다. 그나마 세손의 성총이 식지 않는 것이 유일한 위안이었다. 세손에게 늘 감사했기에 더더욱 부부인은 세손의 부탁을 거절할 수 없었다. 그러나 여전히 이 일이 딸을 위한 일이 맞는지 고민스러웠다. 행여나 잘못되어 딸이 더 위험해지지는 않을까, 부부인의 근심은 깊었다.

"마님, 매파 장씨가 왔습니다."

"뫼셔라."

꼬리에 꼬리를 무는 생각에 빠져 멍하니 있던 부부인이 퍼뜩 정신을 차렸다. 이미 일은 저질러졌다. 자꾸만 복잡해지는 제 머릿속 생각들을 지우려 애를 쓰며 방에 들어서는 장씨를 향해 온화한 미소를 지었다.

"마님."

"자네 왔는가. 어서 오시게."

"참으로 오랜만에 뵙습니다요. 그동안 잘 지내셨습니까?"

사람 좋게 웃으며 부부인에게 절을 올린 장씨가 자리를 잡고 앉았다.

장씨는 한양에서 손꼽히는 매파였다. 몸이 후덕하고 턱에 살집이 두둑해 얼핏 보면 부드럽고 유해 보이지만 그 속에 숨겨진 눈썰미는 대단히 날카로웠다. 투실한 외양과 달리 몸은 가볍고 입은 무거워서 세도가들이 특히 선호했다.

"나야 이제 조용히 늙어가는 처지인데, 무슨 별일이 있었겠나. 자네는 여전히 바쁘다 하더구먼."

"쇤네 하는 일이야 늘 그렇지요. 그런데 어찌하여 저를 보자고 하셨습니까?"

"자네가 요즘 좌의정 대감댁 혼처를 알아보고 있다고 들었네."

"바람보다 빠른 것이 소문이라더니, 벌써 마님에게까지 그놈이 갔습니까?"

"발 없는 말이 천리 가는 법 아닌가. 내 자네에게 부탁할 게 있어 불렀네."

"부탁이요?"

"내 종질녀도 한번 봐주지 않겠나?"

"마님의 종질녀를요?"

"그렇다네. 오 년 전 아버지를 잃고 건강이 나빠진 어머니를 간병하다 혼인이 늦고 말았네. 아이가 워낙에 착하고 효성이 지극해서 아픈 어미를 두고 시집을 못 가겠다 우기는 바람에 차일피일 미루다가 속절없이 나이만 먹었지 뭔가. 자신이 계속 데리고 있다가는 영영 이 아이를 시집보내지 못할까 두렵다며, 올케가 내게 특별히 부탁했다네. 급한 마음에 여기저기 알아보던 차에, 마침 좌의정 대감께서 혼처를 구하신다는 이야기를 들으니 어찌나 반갑던지. 내 최대관을 멀리서 본 적이 있거든. 인물이 훤하고 풍채가 좋아 딸이 하나 더 있으면 사위 삼고 싶다 욕심을 냈었는데, 딸은 없으나 딸 같은 종질녀가 있으니 내 사위 대신 종질서라도 삼고 싶어서 말이야.”

푸근하게 웃는 입매와 달리 장씨의 두 눈은 예리하게 상대를 관찰하고 있었다. 장씨는 부부인의 말이 참인지 거짓인지 따져보는 중이었다. 부부인이 찻잔을 집어들며 자연스럽게 시선을 떨어뜨려 장씨의 눈을 피했다. 눈을 아래로 내리깐 부부인이 찻잔을 들어 맑게 우린 녹차를 마셨다. 흐트러짐 없이 평안한 태도에서 별다른 점을 발견하지 못한 장씨는 일단 부부인을 향한 의심을 거두어들였다.

“나이가 어찌 됩니까?”

“아까 말했다시피 혼인할 시기를 놓쳐 열아홉이라네. 나이가 가장 큰 흠이라 내향에서는 마땅한 사람을 찾지 못했다 들었네.”

“나이가 좀 많긴 하나, 재취 자리이니 좌의정 대감께서 그것을 크게 문제 삼진 않을 것입니다.”

“그렇다면 다행이구만.”

“아씨를 좀 뵐 수 있을까요?”

"그럼. 당연히 봐야지. 안 그래도 내 준비시켜두었네."

반색한 부부인이 밖에 있는 몸종을 불렀다.

"어서 가서 덕이네에게 아씨 모시고 이리 건너오시라 일러라."

"네."

부부인이 부른 덕이네는 사실은 순이네였다. 순이네는 부부인의 집에 와 있는 동안 잠시 덕이네가 되었다. 철저한 월향은 혹시나 순이네라는 흔한 이름조차 듣고 옥루각을 떠올리는 이가 있을까봐 남들 앞에서는 덕이네로 바꾸어 부르게 했던 것이다.

"보시고 좌의정 대감께 잘 좀 전해주시게."

"여부가 있겠습니까. 종질녀라고는 하나 중전마마 모후의 가문 아닙니까. 게다가 성품 좋으신 부부인께서 딸처럼 아끼는 종질녀라면 안 봐도 얼마나 훌륭한 규수일지 짐작이 됩니다."

덕담이 오고가고 예가 오가는 자리라 장씨와 부부인의 얼굴 가득 꾸며진 웃음이 만발했다.

"마님, 아기씨 뫼시고 왔습니다요."

"어서 들게."

문이 천천히 열리고 흰 버선발이 먼저 보이더니 풍성한 붉은 치마가 열린 문 사이로 나타났다. 어느새 웃음기가 싹 가신 장씨가 아래서부터 위로 시선을 옮기며 들어서는 덕이, 아니 홍소저의 용모에 집중했다.

모양새 좋은 버선에 감싸인 발은 맵시 있었고, 폭 넓은 붉은 치마의 선명한 색감은 그것이 값비싼 비단으로 만든 것임을 짐작하게 했다. 풍성한 하체에 비해 한줌이나 될 법한 가느다란 상체와 긴 목은 극단적인 대비를 주어 한 떨기 꽃 같은 여인의 아름다움이 돋보였다.

작고 둥근 두 어깨와 가느다란 긴 목의 여린 느낌과 달리 동그란 두 볼은 적당히 붉은 기가 돌았고 통통해서 생기 있어 보였다. 작은 입술과 귀염성 있는 둥근 코, 길고 둥근 눈매에 짙은 눈썹과 나비처럼 긴 속눈썹까지 갖추어 누가 봐도 썩 미인이라 할 만했다.

유일한 흠은 계집치곤 키가 조금 큰 것이었다. 고개를 꼿꼿이 세운 채 눈만 아래위로 올렸다 내렸다 하며 살피던 장씨의 눈썹이 꿈틀했다.

이전에 장씨가 들른 다섯 집 모두 규중처녀로서 귀하게 잘 자란 까닭에 하나같이 자태가 곱고 어여뻤다. 취향에 따라서는, 홍소저보다 더 예쁘다고 할 수 있는 아씨도 여럿 있었다. 헌데 홍소저의 분위기는 다른 댁 아씨들과는 좀 달랐다. 이전의 다섯 처녀들은 잔잔한 호수 같았다. 얌전하고 청초하고 고요했으나 그뿐이었다. 각자의 개성 같은 건 찾아볼 수 없었다. 같은 틀에서 찍어낸 것처럼 정형화된, 맞춘 것 같이 꼭 같은 느낌을 주는 귀한 아씨들이 거기 있을 뿐이었다.

"인사 올리거라."

허나 홍소저는 달랐다. 이 아씨는 호수가 아닌 졸졸 흐르는 냇가의 시냇물 같았다. 맑고 단아했으나 동시에 치켜뜨는 눈매는 경쾌했고, 밝은 빛을 내는 눈은 별처럼 반짝였다. 아주 얌전해 보이면서도 매우 도발적인 느낌을 동시에 가지고 있었다.

　일반적인 양반집 별당아씨들이 가진, 차분한 동시에 창백하고 단아하면서 무심해 보이는 그런 느낌은 찾아볼 수 없었다. 차분했으나 발랄했고, 얌전했으나 호기심이 넘쳐보였다. 자신과 눈조차 마주치는 것을 꺼려하던 다른 규수들과 달리 인사를 하는 그 짧은 순간에 눈이 마주쳤고, 눈이 마주쳐 당황하기보단 오히려 밝게 미소 짓는 것으로 어색할 뻔한 눈맞춤을 자연스럽게 만들었다. 대담했으나 천박하지 않았고, 당돌했으나 무례하지 않았다. 홍소저를 꼼꼼히 관찰하던 장씨가 자신도 모르게 미소를 지었다.

　"어떤가?"

　"대단한 미색입니다. 역시 명문가의 여식답습니다."

　"과찬일세."

　절반쯤은 입에 발린 칭찬이라는 것을 알고 있었지만 그래도 부부인은 꼭 제가 칭찬을 받은 것 마냥 기분이 좋아 입이 벙싯 벌어졌다.

　"나이가 열아홉이시라고요?"

　매파가 덕이를 향해 물었다.

　살포시 고개를 들어 매파와 눈을 마주친 덕이가 웃으며 고개를 끄덕였다.

　"네."

　"달거리는 제대로 하십니까?"

　덕이가 당황해 도움을 요청하는 눈으로 부부인을 보았다. 부부인이 어색하게 웃으며 눈을 찡긋거렸다.

"혹시나 해서 여쭤보는 겁니다. 최대관 입장에서는 재혼인데다 나이가 있으니 빨리 손을 보고 싶어 하지 않겠습니까? 건강해서 아이를 잘 낳을 수 있는 여자를 가장 선호……."

"저는 소 돼지가 아닙니다."

말이 채 끝나기도 전에 덕이가 발끈하여 장씨의 말을 가로챘다.

"뭐라 하셨습니까?"

"소 돼지가 아니라 하였습니다. 가축 취급을 하고 있지 않습니까."

뒤에 앉은 덕이, 아니 순이네가 엉덩이를 들썩이며 안절부절 어쩔 줄을 몰라했다. 부부인 역시 말문이 막혀 입술만 달싹일 뿐이었다.

"시집가면 지어미로서 바른 행동을 하기 위해 노력할 것이고, 한 집안의 며느리로서 역할을 다 하기 위해 최선을 다할 것입니다. 내조를 충실히 할 것이며 집 안팎 단속을 해 서방님이 바깥일을 하는데 있어 조금도 염려할 것이 없도록 할 것입니다. 그것이 여인의 일이라 배웠습니다. 당연히 자식을 낳는 것 역시 부부에게 중요한 일인 것을 압니다. 자식을 낳는다면 좋은 어미가 되기 위해 애쓰겠지요. 허나 여인이 오로지 자식만을 낳기 위해 존재하는 것은 아닙니다. 함께 어려움을 겪고 부모님의 상을 치른 아내는 설혹 자식을 못 낳았다 해도 쫓아내지 않는 것이 법도입니다. 그것은 부부가 함께 사는 삶이 가장 우선이라는 것을 말하는 것 아니겠습니까. 오로지 집에서 자식이나 푹푹 낳아줄 여인을 원한다면 뭐하러 혼인을 하기 위해 이리 귀찮은 과정을 거치는 것입니까? 일생을 함께 할 소중한 인연을 찾는 데 있어 어찌 달거리의 유무를 중히 묻는단 말입니까."

낮은 목소리로 따박따박 따지는 말에는 그른 것이 없었다. 장씨의 표정이 묘하게 변했다. 확실히 특이한 아씨였다. 다른 규수들은 덕이보다 훨씬 더 음전해 보임에도 불구하고 달거리를 묻는 말에 조금 부끄러워할 뿐 모두 순순히 대답해주었다. 그것에 이리 발끈하는 규수는 단 한 명도 없었다.

"이 아이가, 이 아이가 어찌 이러느냐."

"아닙니다, 마님. 아씨가 맞는 말을 했습니다. 제가 예의에 어긋난 행동을 했습니다."

"이보게."

"아씨의 생각은 잘 알았습니다. 결례를 용서하십시오."

매파가 두 말 할 것 없이 고개를 숙여 사과하자 이제 당황한 것은 덕이였다. 그제야 덕이가 주춤거리며 순이네와 부부인의 눈치를 살폈다.

"잘 보았습니다, 마님. 그럼 전 이만 다른 일이 있어 가보겠습니다."

"이보게. 여기, 이것이 저 아이의 사주가 적힌 것인데 챙겨가시게."

"아닙니다. 안 가져가도 되겠습니다."

"어이해서?"

"걱정 마십시오. 아씨에 대한 것은 제가 대감마님께 잘 아뢰겠습니다."

"대감마님께 아뢸 때 이게 필요치 않겠나. 가져가시게. 이 아이 사주가 아주 좋다네. 기가 막혀. 아마 좌의정 대감도 보시면 매우 흡족해하실 걸세."

"네, 그리 아뢰지요."

끝까지 서찰을 가져가길 거부하며 더 이상 볼 것 없다는 듯 자리에서 일어섰다. 마지막까지 예의를 갖춰 덕이는 장씨에게 공손히 인사했다. 허나 말 그대로 형식만 따랐을 뿐, 덕이는 방금 전 제가 저지른 일을 곱씹으며 후회하느라 이미 정신줄을 절반 넘게 놓은 상태였다.

매파가 나가고 난 뒤에 덕이가 털썩 자리에 주저앉으며 낙담한 기색을 숨기지 못했다.

"대체 어쩌려고 이러신 겝니까? 아이고."

순이네가 덕이를 붙들고 탄식했다.

"그러게. 경솔하였다."

부부인 역시 엄하게 덕이를 꾸짖었다.

"제가 잘못하긴 했습니다. 허나 분하지 않습니까. 제가 달거리를 거르기라도 하면 저는 여인으로서 가치가 없는 것입니까? 첫 만남에서 다른 것도 아니고 가장 중요한 게 달거리라니, 이게 말이 됩니까?"

"대를 잇는 것은 중요한 일이다. 게다가 네 나이가 많다고 꾸몄으니 당연히 물을 수 있는 것이야. 그리 예민하게 생각할 것은 아니다."

"대를 잇는 것이 중요하긴 하나 전부는 아닙니다. 어찌 그것이 여인의 전부일 수 있단 말입니까. 짐승이 아니라 사람이잖습니까. 새끼를 치는 것 외에 다른 중요한 것은 정녕 여인에게 없단 말입니까? 그럼 책에서 말하는 여인의 덕은 무엇이었습니까? 왜 제가 그리 공부를 한 것입니까."

덕이는 억울하다며 분통을 터뜨렸다. 부부인은 그제야 가르쳐도 안 되는 것이, 아무리 애를 써서 그럴싸하게 하려 해도 안 되는 것이 있음을 비로소 깨달았다.

공부를 가르칠 수도 있고, 예쁘게 꾸며줄 수도 있었다. 그럴싸하게 만들 수 있었다. 겉으로 보이는 모든 좋은 것들을 그리할 수는 있었다. 그러나 양반집 규수들이 가지고 있는 어두운 뒷면은 결코 덕이에게 줄 수 없었다.

아주 어린 시절부터 오라비와 남동생에게 치이며 자랐다. 그나마 오라비가 있는 집이면 그래도 좀 나은 편이었다. 줄줄이 딸만 낳은 집에 아들이 아닌 딸로 태어나게 되면, 그 딸은 태어나는 순간부터 죄인이었다. 일손 많이 필요한 농군의 자식이면 살림밑천이라는 소리나 듣지, 양반가의 딸은 아무 짝에도 쓸모없는, 밥만 축내는 식충이였다. 뿐만 아니라 시집갈 때 부모 등골이나 빼먹는 불효녀이기도 했다.

부모 입장에선 어차피 남의 집 귀신 될 자손을 불필요하게 키워내는 것에 불과했다. 그래서 딸은 정을 깊이 주지도 말고 너무 애걸복걸하며 키우지도 말라고 다들 말하곤 했다.

태어나면서부터 환영받지 못한 존재는 자라면서도 부모의 애정을 넉넉히 받을 수 없었다. 결국 그것은 여인의 생애 전반에 걸쳐 지독한 결핍을 가져오게 마련이었다.

그뿐인가. 자라는 내내 오라비 기를 꺾을까, 남동생 앞길을 막을까 전전긍긍하는 부모의 한탄을 듣는 일은 흔하디흔한 일이었다. 사주팔자가 조금이라도 드세면 부모의 걱정은 엿가락 마냥 길게 늘어졌다. 귀에 인이 박히도록 얌전하라는 말을 들으며 자라야 했다.

그나마 그 불필요한 존재가 유일하게 빛을 발하는 순간은 높은 값을 받아 시집을 갈 때, 그때뿐이었다. 오로지 시집가서 좋은 며느리라는 평판을 듣기 위해 여인의 모든 삶은 바쳐졌다. 그게 양반집 규수들의 삶이었다.

그런 인생 속에서는 모든 게 피어나기도 전에 꺾이는 게 예사였다. 젊은 나이지만 시든 풀처럼 퍼석퍼석하니 맥없는 노인네처럼 굴어야 좋은 색시, 좋은 며느리라는 이야기를 들었다. 생존을 축복받지 못한 일생을 살면서 감히 무엇을 꿈꾸고 무엇을 소원할 수 있단 말인가.

태어나면서부터 불필요한 존재였고 살아가는 내내 나 자신 아닌 타인을 위해 살아야만 의미 있다는 말을 귀에 인이 박히도록 들으며 자라야 하는 일생 속에 찬란한 빛이 있을 리 없었다.

겪어보지 않은 자들은, 밝음은 쉬이 부러워하고 따라하려 하지만 그 밝음 뒤의 그림자까지는 결코 생각하지 못하는 법이다. 그래서 왕은 노비의 고충을 알 수 없고, 노비는 왕의 슬픔을 헤아리지 못한다. 부부인은 덕이를 더 혼낼 수가 없었다. 그림자는 빛으로 인해

생기는 것이기에 하는 수 없이 수긍하게 되는 패배적인 감정이었다. 그런 감정을 왜 모르느냐고 덕이를 책망하는 것은 어리석은 일이라 부부인은 그러고 싶지 않았다.

빈궁이 석녀라 종묘사직을 세울 대를 잇지 못한다고 비난이 빗발쳤을 때 부부인이 벼슬아치라는 그 사내들에게 덕이처럼 고함지르고 싶었다. 어찌 여인의 덕이, 여인의 인품이, 한 나라를 이끄는 국모의 성품이 오로지 자식을 낳았느냐 못 낳느냐만으로 결정될 수 있느냐고 말이다.

머리가 채 여물지도 못한 어린 나이에 궐에 들어가 층층시하인 웃전을 잘 뫼셨고 위태로운 남편을 지극 정성으로 내조했다. 그러나 그러한 모든 것들은 자식이라는 존재 앞에서는 하등 쓸모없는 일이 되었다.

철지나 떨어진 낙엽처럼 버석하게 말라가며 눈물조차 감춘 채 제 손으로 남편의 여인을 정해줘야 하는 비극적인 운명에 처한 딸 때문에 부부인이 얼마나 울었는지 모른다. 그럼에도 불구하고 딸을 책망하는 이들을 향해 원망 섞인 말 한마디 내뱉지 못했다.

일생을 그리 살아서, 그게 전부인 줄 알아서 그랬다. 잘못했다기에 잘못한 줄 알았다. 덕이처럼 저리 한마디만 했어도 가슴 속에 울혈이 맺히진 않았을 터인데 그러질 못해서 부부인은 지금도 깊은 밤, 혼자 벌컥벌컥 자리에서 일어나곤 했다. 억울해서, 분해서, 서러워서, 자신의 생애와 딸의 생애가 서글퍼서 말이다.

"그래, 네 말이 맞다. 염려치 말거라. 장씨가 무슨 말을 전한다 한들 신경 쓸 것 없다. 혼인은 최대관이 하는 것이다. 첫 번째 부인을 아깝게 놓친 만큼, 최대관 역시 재취에 대해 많은 생각이 있을 것이다. 매파와 혼인할 게 아니라면 너와 혼인할 사내의 마음을 사로잡는 게 더 중요하지 않겠느냐.”

그나마 제 여식이 그 시간들을 견뎌내는 것은 산의 애정 때문이라는 것을 누구보다 잘 알고 있었다. 부부란 그런 것이었다. 세속적인 잣대나 법도만으로는 함부로 말할 수 없는 것이 부부의 정이었다. 부부인이 편안한 미소로 덕이의 손을 다독거렸다. 실수한 것이지만 타박하고 싶지 않았다.

“오라비를 부르거라. 어차피 벌어진 일은 벌어진 일이니, 며칠 뒤 혼례날 있을 일이나 연습하자꾸나. 신사임당 작전이라 하였던가?”

“그래서 자네는 부부인의 종질녀가 제일 낫다, 이 말인가?”
“그렇습니다.”
“그 규수의 사주는 어느 것인가?”
“사주는 받아오지 못했습니다.”
만섭이 눈살을 찌푸렸다.
“어이해서?”
“부러 받아오지 않았습니다. 괜히 사주를 보고 대감마님께서 혼인을 하네, 안 하네 할까 봐서요. 사주를 볼 필요도 없이 그 아씨가 제

일이었습니다."

"대체 뭐가 그리 자네 마음에 들던가?"

"자신은 소 돼지가 아니라고 하더이다. 소 돼지처럼 새끼를 치기
위해 시집가는 것이 아니라 지어미로서 행실을 반듯이 하고 가문을
이끌고 자식들을 제대로 키워내기 위해 시집을 가고 싶은 것이라구
요. 새끼 치기 위한 계집이 필요하다면 다른 데를 찾아보라 하며 화
를 내는 것이 썩 당돌했습니다."

기가 찬 나머지 만섭이 이유 없이 장죽을 탁탁 쳤다.

"오만방자한지고. 아니 대체 왜 그 계집이 제일 괜찮다는 것인
가?"

"열녀문을 세우는 여인들이 어떤 여인들인지 아십니까. 그런 여인
들입니다. 사내가 집을 비우고 가문이 무너져도 끝까지 남아 자식
을 훌륭하게 키워내는 여인들이 바로 그런 여인입니다. 그 아씨는
훌륭한 지어미가 되어 내조를 잘할 뿐 아니라 능히 훌륭한 어미가
될 자질도 갖추었더이다. 그 아씨가 제일 맞춤이기에 사주를 볼 필
요도 없다는 것입니다."

"너무 드세지 않은가? 그랬다가 사주에 겁재나 상관이 많은 여인
이면 어쩌려고 그러는가?"

"이 바닥 삼십 년입니다. 제가 지난 번 혼인을 말린 유일한 사람
이라는 것을 잊으셨습니까? 몇 번이나 말씀드리지 않았습니까. 아
드님은 굉장히 강한 기운을 타고 났으니 너무 약한 여인보다는 어느
정도 아드님의 기운을 잡아줄 수 있는 여인이 부인감으로 더 적합

하다구요. 제 말을 듣지 않고 무조건 현모양처만 찾으시더니, 결국 첫 번째 며느리를 그리 보내신 것 아닙니까."

입이 열 개라도 할 말이 없는 만섭이 끙 소리를 내며 못마땅한 얼굴로 입을 다물었다. 한동안 장죽만 죽어라 빨던 만섭이 혼잣말처럼 중얼거렸다.

"그러니 이번에는 제대로 사주를 봐야 할 게 아닌가? 부인궁의 충을 풀 수 있는 여식인지, 아닌지도 봐야 하고 또……."

"첫 번째 부인을 잃었으니 아드님의 명식은 이미 풀린 셈이지요. 일지에 오화가 있는 규수면 금상첨화겠지만, 이젠 그렇지 않다 해도 큰 문제는 없을 것입니다."

치고 들어갈 빈틈이 없었다. 단 엿을 맛만 보고 빼앗긴 어린아이마냥 만섭이 입맛을 다셨다.

"걱정 마십시오. 대단히 당차고 아리따운 여인이었습니다. 관상이 아주 훤한 것을 보니 사주도 분명 좋을 것입니다."

"어찌 장담하는가. 사람 얼굴에 사주가 떡하니 적혀 있는 것도 아닌데."

"정 못 믿으시겠으면 후에 받아보십시오. 영 아니면 그때 파혼하시면 될 게 아닙니까."

"이 사람아, 부부인의 종질녀라네. 파혼이 그리 쉽겠나."

"부부인은 종질녀의 사주에 아주 자신 있더이다."

그제야 만섭의 눈이 번쩍했다.

"정말인가?"

"예, 가져가라고 들이미는 걸 마다하고 온 참입니다. 어디 가서 내놔도 좋은 사주라 했다며 당당했습니다."

"그래? 아니 참, 그럼 가져오지 그랬나."

"아, 안 봐도 될 정도여서 가져오지 않았다니까요."

"다른 규수들은 어떠했나? 그리 다들 별로였는가?"

"아닙니다. 하나같이 품행이 방자하고 자태가 고운 아기씨들이었습니다. 그 중 부부인의 종질녀가 제일 나았다는 것이지요."

"부부인의 종질녀 외에는 그 중 누가 제일 낫던가?"

"사주나 가문으로 봤을 때 나머지 다섯 규수 중에 제일은 이분이었습니다."

사주가 적힌 종이들 중 하나를 매파가 가리켰다. 만섭이 호탕하게 웃었다.

"영의정 대감의 처조카 아닌가. 나도 이 규수가 제일일 거라 생각했네. 그래, 사주도 좋던가?"

"네, 일지에 오화가 있고 일간이 금이라, 아드님과 아주 잘 맞는 사주였습니다."

"영의정 대감의 처조카라면, 여흥 민씨 집안의 여식 아닌가?"

"그렇습니다."

부부인의 얼굴이 어두워졌다. 여흥 민씨 집안이라면 중전을 여러 번 배출한 덕망 높은 가문인 동시에 대단한 세도가였다. 야심 찬 좌의정이 여흥 민씨 가문과 사돈 맺을 기회를 놓칠 리 없었다.

"게다가 알아본 결과 사주 역시…… 다섯 규수 중 가장 좋았습니다. 무엇보다 최대관과 아주 잘 맞는 사주였습니다."

"미색은?"

"자태 역시 빠지지 않는다 합니다. 어지간한 양반 가문에서는 모두 며느리 삼기를 원해 그 쪽에서 고르는 상황이라 들었습니다. 지금껏 그곳에 들어간 혼처 중 최대관이 가장 처진다고 합니다."

"그 정도인가? 그럼 오히려 민씨 가문에서 최대관을 거절할 수 있겠군."

"그러길 바라야지요. 게다가 오늘 저희 쪽은 사고까지 쳤으니 요행을 바라는 수밖에는 없지 않겠습니까."

형수가 말끝에 부러 크게 헛기침을 했다.

제 잘못을 두고 하는 소리라는 걸 아는지라 움찔하던 덕이가 이내 억울함이 잔뜩 서린 얼굴로 형수의 뒷통수를 째려보았다.

"이미 엎질러진 물을 어쩌겠나. 혼례날 일이나 연습해보세."

"예, 그날 실수하지 않으려면 연습을 여러 번 해야 할 것입니다. 괜찮으시겠습니까?"

"그럼. 도와야지. 우린 이미 같은 배를 탄 게 아닌가."

"감사합니다."

순이네가 형수의 눈짓을 읽고 방문을 열자 허름한 옷을 걸치긴 했으나 인물이 좋은 여인이 세 명 들어왔다.

"저희를 도울 이들입니다."

부부인에게 세 여인이 절을 올렸다. 가장 입이 무겁고 가장 믿을 수 있는 이들로 월향이 특히 엄선해서 보낸 옥루각의 새끼 기생들이었다. 아주 어렸을 때 부모가 팔았거나 버리고 간 까닭에 월향이 딸처럼 끼고 키워 그녀를 엄마보다 더 끔찍하게 생각하는 이들이었다. 몸종처럼 보이기 위해 허름한 옷을 걸쳤으나 용모나 자태의 아리따움이 다 가려지지는 않았다.

"이런! 얼굴에 숯칠이라도 하여야겠구나. 저리 고와서야 어디 몸종이라 하겠는가. 근데 순이네도 함께 간다면서 어찌 몸종이 세 명이나 필요한가?"

"셋 중 공식적으로 몸종으로 가는 것은 한 명입니다. 두 명은 거기 혼례날 부엌일을 돕는 사람으로 들어가기로 되어 있습니다."

"그래? 그것도 미리 준비한 것인가."

"네. 그리고 이것도 미리 준비했습니다."

형수가 세 사람을 보며 고갯짓을 하자 셋 중 한 여인이 들어올 때 품에 안고 온 보따리를 풀었다. 보따리 안에는 치마 한 벌이 들어 있었다. 그런데 그 치마의 모양새가 아주 독특했다.

"이게 무슨……."

"제가 특별히 만든 것입니다."

연녹색의 치마는 세 겹으로 되어 있었다. 첫 번째는 멀쩡한 새 치마였고 두 번째는 얼룩이 진 것이었으며 세 번째는 그 얼룩 위에 포도 그림이 그려진 것이었다.

"덕이가 연습 끝에 그림을 그릴 수 있기는 하나 실력이 썩 훌륭한 편이 못 됩니다. 만약 혼례날 덕이가 실수를 해서 그림을 완성시키지 못한다면 저희 계획은 완전히 어긋나게 됩니다. 그런 사태를 염려하여 이런 치마를 만들었습니다."

"이 치마로 뭘 어찌한단 말인가?"

형수가 치마를 활짝 펼쳐놓고선 제가 세운 계획을 침착하게 설명하기 시작했다.

치마는 치마와 가슴 띠가 합쳐진 아주 독특한 모양이었다. 즉 보통 가슴 띠와 치마를 따로 입는 반면 이것은 가슴 띠를 두르면 자연스럽게 치마를 입은 셈이 되도록 만든 것이었다. 가슴 띠 아래 붙은 치마 세 개는 모두 헐겁게 시침질되어 있었다.

"부인께서 이 치마를 입고 잔치에 참석하십시오. 거기 몸종으로 있는 아이 한 명이 부부인의 치마에 구정물을 쏟음과 동시에 재빨리 첫 번째 치마를 뜯어낼 것입니다."

"왜 얼룩진 치마까지 꾸며내야 하는 겐가?"

"미리 만들어놓은 그림 밑바탕의 얼룩과 영 다른 모양새의 얼룩이 생긴다면 모두의 의심을 받지 않겠습니까."

부부인이 고개를 연신 끄덕이며 계속해보라는 눈짓을 보냈다.

"덕이와 몸종이 부부인을 뫼시고 재빨리 방으로 피할 것입니다. 치마를 벗어야 하니 사람들에게 나가 있으라 하고 아무도 들어오지 못하게 하셔야 합니다. 방안에서 두 번째 치마를 뜯어낼 것입니다. 그리고 마지막으로 부인이 세 번째 치마를 입고 있으면, 덕이가 부

인의 치마 위에 나비를 그릴 것입니다. 사람들은 나비를 그리는 덕
이만 보게 될 것입니다."

"갑자기 들어간 방에 문방사우가 없으면 어쩌나."

"걱정 마십시오. 마련된 방 중 문방사우가 있는 방이 어디인지 미
리 알아둔 뒤 그곳으로 안내할 것입니다. 그래서 총 세 사람이 필요
했던 겁니다."

"덕이의 몸종, 안내자, 바람잡이, 이렇게 세 사람인 게로군."

"그러합니다."

"내가 이 치마를 계속 입고 있으면 사랑채로 치마를 내갈 수 없지
않은가?"

"사람들이 솜씨를 보고 감탄을 하고 있으면 순이네가 새 치마를
가져다줄 것입니다. 집에서 치마를 가져오는 사이, 기다리면서 거기
그림을 그렸다고 하십시오. 그리고 부부인이 몸종이 가져온 치마로
갈아입고 그 치마는 벗어주면 됩니다. 그래서 부러 세 치마 모두 시
침질을 헐겁게 한 것입니다."

"오호, 잘 알겠네. 그럼 무엇을 연습해야 하는가?"

"모두의 눈을 피해 재빨리 치마를 뜯어낸 뒤 숨기려면 두 사람의
합이 잘 맞아야 합니다. 자연스러울 정도로 합이 맞을 때까지 연습
할 것입니다. 후원 마당을 잔칫집처럼 간단히 꾸며보았습니다. 그곳
에서 동선과 합을 맞춰볼 것입니다."

"그러세."

형수와 부부인이 서두르듯 자리에서 일어서자 방안에 있던 이들

도 모두 따라 일어섰다. 의욕에 찬 덕이 역시 따라 나갈 양으로 냉큼 엉덩이를 들었다.

"너는 이곳에 남아 나비 그리는 연습이나 하여라."

"네?"

"바깥에서 하는 연습엔 네가 필요 없으니 이곳에서 네 일이나 하라 이 말이다. 그거라도 똑바로 해야 하지 않겠느냐?"

어쩐지 얄밉게 쏘아붙이고는 형수가 등을 돌렸다. 방안에 홀로 남은 덕이의 양 볼이 복어의 그것처럼 빵빵하게 부풀었다.

삿갓을 깊게 눌러쓴 사내가 빠른 걸음으로 숲길을 걸었다. 산 속 깊은 곳에서 노란 불빛이 반짝거렸다. 작은 암자였다. 불빛을 확인한 사내의 걸음이 더욱 더 빨라졌다.

"늦어서 미안하네."

암자의 문이 열리고 찬바람과 함께 사내가 들어왔다. 삿갓을 벗자 드러난 얼굴은 형수였다.

암자 안에는 동세와 왕초가 앉아 있었다. 웃옷을 벗은 채 구부정하게 앉아 이를 잡고 있던 왕초가 그를 보더니 옷을 걸쳤다.

"좀 빨리 오지 그랬나. 이자의 이 잡는 소리 때문에 아주 정신이 산란해 죽는 줄 알았네."

동세가 대놓고 투덜거리자 빈정이 상한 왕초가 입술을 뒤집으며 엉덩이를 밀어 동세에게서 떨어져 앉았다.

형수가 앉자마자 소매에서 종이를 꺼내 왕초에게 건넸다.

"내향에 있는 집 위치니 잔치에 데려가지 않을 아이들은 오늘 밤 곧장 출발시키게."

이미 그러기로 되어 있었는지 왕초가 군말 않고 종이를 품안에 집 어넣자 형수가 주머니 하나를 건넸다. 주머니는 꽤 무게감이 있는 듯 둔탁한 소리를 내며 바닥에 떨어졌다.

"필요한 곳에 쓰고."

"고맙수."

왕초가 흐뭇해하며 얼른 주머니를 챙겼다.

"모레 정확한 시간에 잔치 집에 몰려가 소란스럽게 해야 할 것이 야."

"알지."

"내향에 내려가는 아이들 중 젊은 계집들은 홍씨 댁 일꾼으로 들 어가게 해. 잠만 재워주면 된다 하면 인심이 후한 집이라 거절하진 않을 것이니."

"알았다니까."

"나머지 사람들은 집 주변을 맴돌며 이 사람의 지시를 기다리게 하고. 혹여나 낯선 사람이 나타나 무언가를 묻거든 내가 시킨 대로 대답하라 단단히 일러두게."

"거 참 말 많네. 어련히 알아 다 할까."

볼일 다 봤다는 듯 손을 털며 왕초는 밖으로 나갔다.

문이 닫힌 뒤 동세가 걱정했다.

"저 치를 믿어도 좋을지 모르겠네."

"믿어야지. 우린 저들의 힘을 믿어야 하는 사람들 아닌가."

"그래, 일은 실수 없이 잘 될 것 같은가?"

"연습은 쉼 없이 하고 있는 중이야. 합이 점점 잘 맞춰지고 있으니 성공할 것 같아. 자넨 내일 아침에 출발할 겐가?"

"그러려고 하네."

"내향에 도착하거든 마을로 들어갈 수 있는 길목마다 사람을 심어둬야 해. 혼례날 덕이를 보고 나면 좌의정이 반드시 내향으로 사람을 내려보낼 걸세. 나 역시 좌의정 주변을 감시하다 낌새가 이상하면 곧장 연통을 넣지. 혹시나 내가 놓친다 해도 자넨 놓치면 아니 되네."

"그럼. 드나드는 사람이 수없이 많은 좌의정 댁보다야 마을 입구를 지키고 있는 게 더 쉽지 않겠나. 걱정 마시게. 잘 준비하고 기다리고 있을 테니. 안 그래도 그 지역에 있는 우리 사람들에게 모두 말해두었으니 이미 어느 정도는 대비하고 있을 걸세."

"좌의정이 보낸 사람을 맞이하고 나면, 밑에 있는 사람들을 모두 모아 준비시켜 두시게."

사전에 논의 되지 않은 이야기라 동세가 화들짝 놀랐다.

"벌써?"

"지난 번 궐에 갔을 때 측간에 간다 하고 빠져나와 절반쯤 궐의 지도를 그렸네. 아마 한 번쯤 더 들어갈 일이 있을 것이야. 그때 나머지 지도를 그려야지. 이 일이 끝나고 난 뒤 세손이 우리를 쓸 수도 있고 버릴 수도 있어. 쓰임을 당한다면 잠시 시기를 가늠해보겠지만 버리려 한다면, 우리가 먼저 움직여야 하지 않겠나."

"어찌 될지 모르니 방비를 하고 있으란 말이군."

"그렇지."

"알겠네. 내 그리하지."

"부탁하네."

"걱정 말고 자네는 자네 여동생이나 잘 관리하라고."

"여동생?"

형수가 뒤늦게 동세의 말뜻을 알아차리고 허허 웃었다.

"그래, 자네가 보기엔 어떤가? 돌 같은 최대관이 한눈에 반할 만한가? 계획도 계획이지만 일단 계집의 미모도 상당해야 그 계획이 제대로 힘을 발휘할 것 아닌가."

동세가 눈을 반짝였다. 형수보다 훨씬 호기로운 동세는 계집에 대해 관심도 많았고, 계집과 노는 것도 좋아했다. 단 한 번도 보지 못한 덕이에 대한 관심 역시 지대했다.

"다들 곱다고 하더군. 그럼 고운 것 아니겠나."

"에잉! 곱다고 해서 다 반하는가. 그 사내의 입맛에 맞아야지."

"계집이 음식도 아니고 무슨 입맛 타령인가."

"이런, 내 이러니 자네를 샌님이라 하지. 계집은 음식과 같아. 남들이 다 맛있다 해도 내 입에 안 맞으면 먹을 수 없는 것처럼 남들 눈에 예쁜 계집이라고 내 눈에도 예쁘단 법은 없단 말일세. 이리 아무엇도 몰라서야, 원."

동세가 앓는 소리를 내며 혀를 찼다.

"내 눈엔 예쁘던데……."

딱히 반박할 말은 없으나 뭔가 억울해진 형수가 미간을 찌푸린 채 중얼거렸다.

"뭐라? 자네 지금 뭐라 했나?"

"내 눈엔 예쁘다고 했네."

"그 계집 제법이구만, 허허허. 목석같은 자네가 예쁘다고 할 정도면 돌 같은 최대관 마음에도 들겠군."

동세가 호탕하게 웃었다. 머쓱해진 형수가 괜스레 헛기침을 하며 딴 곳을 보았다. 어느새 목덜미가 붉게 달아올라 있었다.

어둠 속에 몸을 숨긴 형수가 조용히 담을 넘어 부부인의 집으로 들어왔다.

발걸음 소리마저 죽이고 조심스레 움직이다 방안의 불이 환히 켜진 것을 보고 멈춰 섰다.

"으흠."

부러 헛기침 소리와 함께 인기척을 냈다.

이내 방문이 열리더니 흰 소복 차림의 덕이가 나왔다.

"왜 늦게까지 잠들지 않고 있느냐?"

"어떤 시를 그분이 쓸까 생각하고 있었습니다."

"어이해서?"

"옆 사람이 귀띔해준다 한들 제가 미리 알고 있는 것과 영 모른 채 전해 들어 아는 것과는 차이가 나지 않겠습니까."

규식이 만약 치마에 시를 적는다면 분명 한문으로 적을 것이다. 그것을 규식이 가져다준다면 덕이가 못 읽을 것이 뻔했다. 그래서 그에게서 치마를 받아다 덕이에게 전해줄 몸종은 한문을 잘 읽는 아이로 골랐다. 티 나지 않게 낮은 목소리로 덕이에게 치마에 적힌 글귀를 읊어주는 것까지도 연습을 이미 한 터였다. 그런데도 자신이 읽지 못하고 전해 들어야 한다는 것이 덕이에겐 영 걱정스러웠다.

"그래서 네 생각엔 무엇을 쓸 것 같으냐?"

"잘 모르겠습니다. 제가 그분을 잘 모르니 어떤 시를 쓰실지도 모르는 게 당연하지 않습니까. 아무리 생각해보아도 잘 모르겠습니다."

풀 죽은 덕이가 두 무릎을 세운 채 몸을 동그랗게 말고 마루에 앉았다. 형수가 그 옆에 걸터앉았다.

"그자가 쓸 시라면……."

모두의 축복 속에서 태어나 귀하게 자란 자다. 잘생기고 똑똑해서 주변의 사랑을 듬뿍 받았으니 모나거나 꼬인 데도 없을 것이다. 유일한 상처는 아내의 죽음이나, 병사이고 삼년상까지 치렀으니 사내로서 할 도리를 다 했다 생각할 듯했다. 그러니 아내의 죽음 역시 그에겐 진행 중인 비극이 아닐 게다.

일생 동안 길 이외의 곳은 걸어본 적이 없을 법한, 형수의 입장에서 보기엔 하등 재미없는 사내였다. 그런 재미없는 사내가 포도와 닭, 나비가 그려진 그림을 보고 어떤 시를 읊을 것인가.

그 그림은 너무나 소박한 일상의 한 장면이다. 규식이 소박한 일상을 보며 기쁨을 느낄 것 같지 않았다. 또 그저 사구가 좋다는 감정적인 이유로 시를 좋아할 것으로 생각되지도 않았다. 그런 풍류가 있는 사내일 리 없었다. 그렇다면 소박한 일상을 노래하되 노래한 주인공은 소박하지 않은 인물이어야 한다. 평범한 일상이되 그것이 그저 평범하지만은 않은, 뭔가 다른 뜻을 함의하고 있는 것을 선택할 것이다.

형수는 가만히 앉아서 먼 곳을 바라보며 한참 동안 생각에 빠져들었다.

기다리던 덕이가 안달이 날 때쯤, 조용히 입을 열었다.

"닭이 변한 요염한 꽃 어이해 뒷간 가운데 있나. 아직도 옛 버릇 그대로 남아 구더기 쪼아 먹을 생각 있는 듯."

시를 외운 뒤 어떠냐, 하는 얼굴로 덕이를 물끄러미 바라보자, 그녀의 두 눈엔 의문이 가득했다. 덕이는 이렇게 궁금증이 일 때마다 약간 몽롱한 표정이 되곤 하는데 그럴 때마다 반사적으로 그의 입가엔 저절로 미소가 번져 나왔다.

"고려시대 이규보라는 문인이자 대단한 문장가의 시다. 뒷간에서 피어난 꽃을 보며 쓴 것으로 어울리지 않는 장소에 있는 아름다움을 노래한 것이다. 만약 그 혼잡스런 혼례날 네가 얼룩진 치마 위에 아름다운 그림을 그린다면, 이 시와 어울리지 않겠느냐. 아마 그자라면 이 시를 선택할 것이다."

"어찌 확신하십니까?"

"글쎄, 아닐 수도 있지만, 아마 내 말이 맞을 것이다. 만약 그자가 이 시를 외운다면 너는 이리 답하여라."

답시라는 말에 순간 덕이의 두 눈이 반짝였다. 오늘따라 그의 미소가 구름처럼 부드럽게 느껴지자 홀린 듯이 바라보았다. 도련님이 기분 좋은 일이 있나?

형수의 시 읊는 모습은 언제나 좋았다. 그에겐 차마 말하지 못했지만, 앞으로도 말할 수 없겠지만, 덕이는 사실 형수가 시를 써주고, 읊어 주는 것이 좋아 시를 좋아하기 시작했다.

"듣고 있는 게냐?"

"예? 아, 네 네."

덕이가 황급히 고개를 끄덕였다. 한 소절도 제대로 듣지 못했으나 형수와 눈이 마주치자 괜스레 부끄러워 고개를 폭 숙이고 말았다.

잔칫날 있을 연습을 할 때 형수는 규식의 역할이었다. 그는 자신을 앞으로 혼인할 규식이라 생각하고 연습에 임하라고 덕이에게 당부했다. 어두운 밤에 딱 한 번 흐릿하게 본 얼굴이라 아무리 애를 써도 형수는 형수일 뿐, 규식이라 생각되지 않았다. 그러나 시키는 대로 열심히 노력한 덕분인지 형수를 보면 덕이는 좋아하는 사내를 보는 것처럼 떨렸다. 형수와 눈을 마주치면 가슴이 뛰었다. 보고 있으면 부끄러워서 숨고만 싶은데, 눈앞에 보이지 않으면 그리웠다. 종잡을 수 없는 제 감정이 낯설었다. 덕이는 애써 제가 형수를 규식이라 생각하기 때문에 이리 혼란스러운 모양이라 생각하며 마음을 다잡았다.

"들었으면 외워보아라. 무슨 시였느냐?"

덕이가 대답하지 못하고 우물거렸다. 형수가 엄한 목소리로 꾸중했다.

"대체 정신을 어디다 빼놓고 있는 것이냐."

폭 숙인 고개가 마음에 들지 않았다. 요 며칠 덕이는 대체 정신을 어디다 두고 있는 건지, 연습 때 제 대사를 잊기 일쑤였다. 어린 기생들은 시집갈 생각을 하니 마음이 싱숭생숭한 거냐고 놀려댔다.

종종 규식 역할을 하는 자신을 덕이는 홀린 듯이 보곤 했다. 입을 반쯤 벌린 채 양 볼이 붉어진 덕이와 눈이 마주칠 때면, 달밤에 단 한 번 본 그 사내가 그리 좋았나 싶어 괜스레 심술이 났다. 정작 자신을 규식이라 생각하라 말한 것은 본인인데, 정말 덕이가 저를 규식이라 생각하는 것은 마음에 들지 않았다. 형수가 못마땅한 얼굴로 크게 헛기침을 했다.

"다시 들려줄 터이니, 제대로 듣고 외우거라."

"네."

덕이가 숙였던 고개를 슬며시 들었다. 그를 바라보자 덕이는 다시 수줍어졌다.

"적막히 거칠어진 밭두둑 옆 흐드러진 꽃송이 연한 가지에 매달렸네. 장맛비에 향기는 다 가셨고 보리 바람에 형체는 기울어졌구나. 지나가는 이들 누가 보아주랴. 벌과 나비만이 엿볼 뿐인데 태어난 곳 천함을 부끄러워하면서 사람들에게 버림받고도 견디고 있겠지."

천천히 형수가 시를 읊었다. 나지막이 읊조리는 그의 목소리를 들으며 덕이가 눈을 감았다. 시 읊기가 끝나자 그녀가 느리게 눈을 떴다. 형수와 눈이 마주쳤다. 그의 시선이 깊었다. 달빛을 받아 더욱 깊어진 두 눈에 붙들려 덕이는 눈을 뗄 수가 없었다. 홀린 듯이 형수에게 가까이 다가갔다.

"외워보아라."

"천천히."

덕이의 부탁에 형수가 목소리를 가다듬고 나서 나긋하게 한 소절을 읊었다.

"적막히 거칠어진 밭두둑 옆."

"적막히 거칠어진 밭두둑 옆."

"흐드러진 꽃송이 연한 가지에 매달렸네."

"흐드러진 꽃송이 연한 가지에 매달렸네."

형수가 한 구절을 말하면 덕이가 따라 말하기를 반복했다.

한 구절이 끝날 때마다 두 사람이 조금씩 서로에게 가까워졌다. 두 사람의 호흡이 공기 중에 섞여 들어갔다. 따뜻한 입김이 서로의 볼에 닿았다가 이내 사그라들었다. 입안이 바싹 말랐다. 서로에게서 눈을 뗄 수가 없었다.

"사람들에게 버림받고도 견디고 있겠지."

"사람들에게 버림받고도 견디고 있겠지."

시가 끝났다. 그러나 여전히 둘은 서로를 바라보고 있었다.

"이리, 이리 외우면 된다."

먼저 정신을 차린 것은 형수였다. 헛기침하며 황급히 어깨를 돌린 형수가 그러고도 어색했는지 후다닥 자리에서 일어났다. 뒤늦게 덕이도 고개를 숙이며 수줍은 자세가 되었다. 양 볼이 얼마나 붉게 달아올라 있었는지 달빛에도 훤히 보일 정도였다.

"외웠느냐?"

"네."

"그럼 되었다."

형수가 뭐라도 감춘 것처럼 얼른 돌아섰다. 이곳을 어서 피하고 싶었다. 왠지 더 있어서는 안 될 것 같은 기분이었다. 그 순간 덕이가 그의 소맷자락을 붙잡았다.

"하나만, 하나만 더 가르쳐주시어요."

발을 떼어놓지 못하고 머뭇거리던 형수가 천천히 몸을 돌렸다. 그와 눈이 마주치자 덕이가 화드득 놀라며 시선을 옮겼다. 그 모습이 꼭 자신을 피하는 것만 같아, 갑자기 마음이 확 상했다.

"왜 하나를 더 가르쳐 달란 것이냐?"

"그러니까, 어, 그것이……."

목소리가 좀 더 듣고 싶었고, 제 곁에 좀 더 있어 줬음 했기 때문이었다. 허나 그런 말을 할 순 없었다. 그러다 이대로 가버릴까 초조해진 덕이가 자신도 모르는 사이 입술을 뜯었다. 형수의 손가락이 덕이의 입술에 가 닿았다.

"다친다."

덕이가 고개를 들었다. 다시 두 사람의 눈이 마주쳤다. 옭아매듯 엉켜들 듯 서로가 서로의 시선을 잡아챘다.

"그분이…… 외는 시가…… 그 시가 아닐 수도 있지 않습니까. 더, 더 많은 시를 배우고 싶습니다."

덕이의 방점은 배우고 싶다였으나 형수의 방점은 그분에 찍혀졌다. 인상을 찌푸린 형수가 덕이의 입술을 매만지고 있던 손을 거둔 뒤 등을 돌렸다.

"다른 시들은 모르겠다. 네가 더 생각해보아라."

성큼, 발을 내딛는 형수를 덕이가 뒤에서 다시 붙잡았다.

"도련, 오라버니……."

형수가 고개만 비스듬히 움직여 제 팔을 잡은 덕이의 매끄러운 손을 보았다.

"제가, 제가 실수할지도 모르지 않습니까. 더 가르쳐주시면……."

"이제 네 몫 아니겠느냐."

싸늘하게 한마디를 내뱉은 형수가 붙잡은 덕이의 팔을 내치며 성큼성큼 걸어갔다.

속이 부글부글 끓어올랐다. 시집 못 갈까 봐 그리 걱정이 되는 게냐, 비아냥거리고 싶었다. 무엇이든 가르치고 싶었지만, 그 가르침이 규식에게 가기 위한 길이라 생각하자 찬물을 머리끝에서부터 뒤집어쓴 것 마냥 몸과 마음이 차갑게 식었다. 미친년 널뛰듯이 왔다 갔다 하는 제 마음을 스스로도 이해하기 어려웠다.

방금 전까지 다정하게 굴었던 사람 같지 않게 싸늘하게 돌아선 그의 뒷모습에서 덕이는 어쩐지 막막해지는 걸 느꼈다. 어둠 속으로 완전히 사라질 때까지 지켜보던 덕이의 어깨가 아래로 축 처졌다.

조금 더 배우고 싶었다. 그를 못 믿어서가 아니라 자신을 못 믿었기 때문이다. 그날 예상치 못한 일들이 생길까 봐 불안했다. 좀 더 이 마음을 알아주고 달래주길 바랐다. 저리 쌩하니 가버릴 건 뭐란 말인가.

마음이 상했다. 가르쳐주지 않아서 마음이 상한 것인지, 저를 달래주지 않아서인지, 그것도 아니면 더 오랜 시간 함께 하지 못해서인지 정확히 이유는 알 수 없었다. 허나 덕이의 마음은 풀이 죽었다. 불현듯 무엇인가 예상치 못한 일이 생겨 잔칫날 모든 것이 다 실패할 것 같은 불길한 예감이 들었다.

이럴 수가! 이럴 줄은 아무도 몰랐던 거야?

사랑채와 안채를 잇는 중문 사이에서 규식과 마주선 덕이는 그대로 딱 울고 싶었다.

덕이가 한숨을 내쉬려다 자신을 뚫어져라 보는 규식의 시선을 느끼고 입을 합 다물었다. 온몸이 그대로 얼어붙는 것만 같았다.

작전은 무슨 작전. 다 글러먹기 일보 직전에 있는 것처럼 눈앞이 암담했다.

그동안 수 없이 연습했다. 허나 그 수많은 연습에도 불구하고 형수가, 덕이가, 부부인이, 순이네가 간과한 것이 있었다. 바로 잔칫집이 그들의 상상을 초월할 정도로 시끄럽다는 사실이었다.

덕이의 옆에 선 몸종이 시를 귓가에 속살거렸지만 온갖 소음에 묻혀 단 한마디도 제대로 들리지 않았다. 그렇다고 해서 규식이 바로 코앞에 있는데 더 크게 말해 달라 부탁할 수도 없었다.

치마에 적힌 시는 까막눈이라 무엇을 적은 건지 알 수 없었고, 그것을 읽어주는 이의 목소리는 들리지 않는 최악의 상황이었다. 암담함을 느끼며 덕이가 눈을 감았다가 떴다.

이판사판이다. 다른 수가 없으니 지금으로서는 형수의 감을 믿어보는 수밖에 없었다.

"적막히 거칠어진 밭두둑 옆 흐드러진 꽃송이 연한 가지에 매달렸네. 장맛비에 향기는 다 가셨고 보리 바람에 형체는 기울어졌구나. 지나가는 이들 누가 보아주랴. 벌과 나비만이 엿볼 뿐인데 태어난 곳 천함을 부끄러워하면서 사람들에게 버림받고도 견디고 있겠지."

천천히 시를 외운 덕이가 긴장한 표정을 숨기기 위해 고개를 떨어뜨렸다.

그런 모습이 서너 걸음 떨어져 선 규식의 눈에는 마냥 청초해 보였다.

홀쩍하니 큰 키, 가냘픈 두 어깨, 꺾어질 듯이 가느다란 허리와 사슴처럼 긴 목에 창백하게 흰 피부는 바람이 불면 쓰러질 것 같은 여린 모습이었다. 그러나 윤기가 흐르는 머리카락 아래 복숭아 같은 두 뺨과 총명하게 반짝이는 큰 눈은 활기차고 건강한 생명력을 느끼게 했다. 분명 낯선 조합이었으나 너무나 잘 어울렸다.

규식의 긴 침묵을 어찌 해석해야 할지 몰라 덕이는 당황스러웠다. 흘깃 눈을 돌려 옆에 선 몸종의 기색을 살폈다. 표정이 나쁘지 않았다. 영 틀린 말을 했다면 몸종의 얼굴이 사색이 되었을 텐데 그렇지 않은 걸 보면 때려 맞춘 게 맞은 모양이다.

그 순간 자신감이 생겼다. 형수와 마주서서 연습했던 때가 떠올랐다. 두근대던 가슴이 제 속도를 찾았다. 덕이가 침착하게 말을 이었다.

"피어야 하는 장소에 제대로 피지 못한 꽃은 마음속 깊이 서글퍼하고 있지 않을까요. 우리는 그것을 아름답다 하지만, 꽃은 어쩌면 제 아름다움을 부끄러워하고 있을지도 모릅니다."

덕이가 고개를 숙여 인사한 뒤 황급히 돌아섰다. 일단 자신이 할 일은 다 했으니 얼른 이 자리를 빠져나가고 싶은 마음뿐이었다.

"저기, 낭자!"

다급하게 뒤에서 부르는 소리에 돌아선 덕이가 움찔했다. 무엇인가를 더 캐물으면 모든 게 다 들통 날 게 분명했다. 하지만 무작정 내뺄 수도 없는 노릇이었다. 겨우 마음을 다 잡은 덕이가 다시 규식을 바라보려는 순간, 다섯 살쯤 먹은 노비 계집아이가 손에 전을 들고 도망치다 앞에 선 덕이를 미처 보지 못하고 크게 부딪혔다.

갑작스러운 충격에 덕이가 휘청거리다 주저앉았다. 아이도 바닥에 철푸덕 넘어졌다. 아이의 손에 들고 있던 전이 흙바닥에 떨어져 뒹굴었다. 바닥에 넘어진 아이는 못 먹게 된 전을 보자 서럽게 울기 시작했다.

"낭자."

규식이 성큼 다가왔으나 차마 손을 뻗지는 못했다.

대신 규식은 넘어진 아이를 향해 호통을 치려 했다. 헌데 몸을 굽힌 덕이가 우는 아이를 제 품으로 감싸 안는 것을 보자 그마저도 할 수 없었다.

"괜찮으냐? 다친 데는 없느냐? 너를 내가 보지 못하였다. 미안하다."

어미처럼 안아주는 덕이의 품에서 어린아이는 떼를 쓰며 엉엉 울었다. 덕이는 제 옷이 버려지는 것도 아랑곳하지 않고 온몸이 흙투성이인 아이를 안고 일어났다.

"배가 고팠구나. 언니 때문에 네가 먹고 싶은 전을 못 먹게 되었으니 내가 새 것으로 구해주마. 울음을 그치거라. 뚝 그치면 두 개를 주마."

악을 쓰며 우는 와중에도 두 개 준다는 말은 오롯이 들렸던지 아이가 히끅거리며 울던 울음을 그치려 애썼다. 콧물과 눈물로 범벅이

된 아이의 얼굴을 아무렇지도 않게 맨손으로 닦아내며 덕이가 활짝 웃었다.

"아주 예쁘구나. 봐라, 울지 않으니 얼마나 좋으냐. 자, 언니랑 가자. 맛있는 것 먹으러 가자꾸나."

규식 쪽은 쳐다보지도 않고 덕이가 아이를 안고 걸어갔다.

몸종만이 둘 사이에서 어쩔 줄 몰라 하다 꾸벅 인사를 한 뒤 덕이에게로 달려갔다. 홀로 남은 규식이 한참을 멍하니 서 있다가 헛웃음을 지었다.

아름다운 아가씨가 지나간 자리에는 은은한 잔향만이 남아 허한 마음을 달래주었다.

"그래 치마를 전해주고 오는 게냐? 규수는 곱더냐?"

만섭의 물음에 그제야 정신을 차린 규식이 제 앞에 앉은 어른들을 바라보았다.

멍하니 걷다보니 어느새 사랑채였다. 다들 기대에 찬 눈빛으로 자신을 보고 있었다. 부끄러운 생각이 든 규식이 헛기침을 하며 신을 벗는 척 고개를 숙였다.

"네, 주고 왔습니다. 아주 단아한 규수였습니다."

"다른 말은 없더냐?"

규식이 잠깐 멈칫했다. 머뭇거리다 신을 마저 벗고 마루에 올라서며 답했다.

"답시를 읊어주었습니다."

"오오, 그래? 무슨 시였느냐?"

"최치원의 접시꽃이었습니다."

방안에 앉은 이들이 놀랍다는 듯 탄식하며 서로 시선을 교환했다. 규식이 조용히 말석에 가 자리했다.

"하긴 얼룩진 치마에 그리 아름다운 그림을 그리는 규수인데 당연히 학식도 높겠지요."

"신사임당이 살아온 줄 알았습니다. 어찌나 그림 솜씨가 좋던지 아주 놀랐습니다."

"그놈의 각설이 떼들만 아니었으면 포도를 그리는 것도 봤을 터인데 다들 마지막에 나비 그리는 것만 봐서 안타까워했다지 않습니까."

사랑채에 앉은 이들이 모두 입을 모아 덕이의 그림을 칭찬했다.

"헌데 너무 똑똑한 건 아닐지. 계집이 너무 똑똑하면 집안의 화근 아니겠소."

"계집이 똑똑한 티를 내서 집안에 화근을 불러오면, 그게 똑똑한 계집이겠소? 멍청한 계집이지. 현명한 여인은 제가 많이 아는 것을 안으로 숨기며 사내의 뒤에 있는 법이지요. 모친의 병간호를 극진히 했다는 것을 보면 성품은 이미 의심할 필요 없는 것 아니겠소."

채제공이 홍소저를 두둔하자 모두들 고개를 끄덕이며 동조했다. 그리고 부러 누구 들으란 듯이 언성을 높였다.

"최대관의 혼처로 홍소저에게도 매파가 들렀다고 들었습니다. 맞습니까, 좌의정 대감?"

고개를 숙인 채 생각에 잠겨 있던 규식이 고개를 번쩍 들어 제 아비를 바라보았다. 규식이 민감하게 반응하는 것을 본 채제공이 슬며시 미소 지었다.

"맞습니다. 부부인께서 매파를 보내셨습니다."

"그래, 어땠습니까?"

"글쎄, 뭐……. 매파는 괜찮다고 하는데 아무래도 두 번째 혼인이다 보니 제가 많이 조심스러워서요."

사람들의 이목이 집중되는 것에 부담을 느낀 만섭이 허허 웃으며 말끝을 흐렸다.

"아드님의 의견도 중요하지 않겠습니까? 최대관, 자네가 보기에 어땠나? 자네 부인감으로 어떻던가?"

부러 장난기를 가득 담아 채제공이 던진 질문이었다. 다들 별 뜻 없이 규식을 짓궂게 놀리는 거라 생각하고 와하하 크게 웃음을 터뜨렸다. 규식 역시 대답 대신 가볍게 웃기만 하며 고개를 숙였다.

"중전마마와도 아주 가까운 육촌인 듯했습니다."

"그래요?"

채제공의 말이 만섭의 흥미를 자극했다.

"네, 얼마 전에도 궁으로 불렀는데 내일도 궁으로 부른다 들었습니다. 한양에 올라온 김에 자주 불러 담소를 나누시는 모양입니다."

"채판께서 그걸 어찌 아십니까?"

"내일 미시 경에 입궐한다 들었는데 저하께서도 그때 빈궁전에 잠시 들르시겠다며 저와의 약속을 미루셨거든요."

"하하, 호판이 밀렸군요."

"늙은이를 보는 것보다야 어여쁜 처제를 보고 싶으신 게지요."

채제공의 넉살에 사랑채에 앉은 이들 모두 박장대소했으나 그 속에서 규식만이 웃지 못하고 굳은 표정으로 앉아 있었다.

寂寞荒田側　繁花壓柔枝
香經梅雨歇　影帶麥風欹
車馬誰見賞　蜂蝶徒相窺
自慙生地賤　堪恨人棄遺

제가 쓴 글귀를 바라보며 규식이 생각에 잠겼다. 그때 문 밖에서 헛기침 소리가 들렸다.

"들어가도 되겠느냐."

"네."

규식이 황급히 제가 쓴 시를 접어 책 아래 숨긴 뒤 아무 책이나 펼쳐두고 자리에서 일어났다.

"책을 읽고 있었느냐."

"네."

만섭이 상석에 앉자 규식이 맞은편에 단정하게 자리했다.

"네게 묻고 싶은 게 있어 왔다. 아무래도 먼저 물어보고 움직여야 할 것 같아서 말이다."

"무슨 일이십니까?"

"어땠느냐?"

"무엇이 말입니까?"

"그 아이 말이다. 직접 봤으니 네가 생각한 게 있을 것 아니냐. 어떻더냐?"

규식의 눈이 잠시 흔들렸다.

머뭇거리던 규식이 고개를 숙이며 제 바지에 접힌 주름을 눈으로 더듬었다.

"규식아."

"사내가 어찌 혼인 안 한 처자에 대해 함부로 말할 수 있겠습니까. 그것은 예의가 아니지요."

"네 마음에 들었구나."

탄식하듯 내뱉는 아버지의 말에 규식은 반박하지 않았다. 묵묵부답으로 앉아 있는 아들을 보며 아버지의 생각이 깊어졌다.

"장매파가 그 규수가 너랑 잘 맞을 것이라 하였다."

규식의 어깨가 움찔했다. 여전히 고개를 들진 못했으나 온 신경이 곤두서 있다는 게 느껴질 정도였다.

"허나 나는 세자빈 마마 모후의 가문인 것이 내키지 않는다. 그리고 계집이 너무 드세지 않을까 걱정스럽기도 하고."

"왜 그리 생각하십니까?"

"장매파가 나이가 많은 것이 염려스러워 달거리를 물은 모양이더구나. 그런데 자긴 소 돼지가 아니니 말해줄 수 없다 화를 냈다들었다."

규식이 미간을 찌푸렸다.

"어찌 그런! 어찌 양갓집 규수에게 그리 무례할 수 있단 말입니까. 화를 낼 만하지 않습니까."

귓등을 붉히며 규식이 역정을 냈다.

"콧대 높은 네 성에 찬 걸 보면, 영 허무맹랑한 계집은 아닌 모양이구나. 네가 단지 겉모습이 곱다고 반하진 않았을 것 아니냐."

규식이 날카로운 아버지의 시선을 다시 피했다. 만섭이 한숨을 내쉬며 자리에서 일어섰다.

"내향으로 사람을 보내 어떤 집안인지, 떠도는 풍문은 어떤지 알아볼 것이다. 그 오라비가 한양바닥에 나타난 꼴을 보아하니 어느 정도 재산은 있는 집안인 듯한데 겉만 번지르르하고 속은 썩어빠졌을지도 모르니 알아볼 건 알아봐야지."

"아버지."

"내향에 보낸 사람이 돌아올 때까지 경거망동하지 말거라. 늦게 배운 도둑질이 무섭다고, 뒤늦게 네가 가벼이 움직일까 걱정이구나."

규식이 민망해하며 고개를 숙였다.

만섭이 헛기침을 하며 방을 나간 뒤 그는 느리게 자리에 주저앉아 금세 생각에 잠겼다.

마치 방금 전에 있었던 일인 양 홍소저와의 만남이 여전히 머릿속에서 생생했다. 추운 날씨에도 이상하게 홍소저는 따뜻한 느낌이었다. 그녀와 마주서 있는 그 공간이 봄날같이 느껴졌다.

입가에 머물던 미소와 윤기 나는 머릿결과 복숭아 빛 두 뺨과 흰 피부와 가느다란 목선의 모습이, 마치 한 떨기 꽃처럼 고와서 규식은 태어나 처음으로 계집을 보며 가슴이 뛰었다.

맑은 목소리로 시를 이야기할 때 아래로 내리깐 속눈썹의 우아한 움직임도, 아이를 바라볼 때 휘어지던 눈매도 아무렇지도 않게 아이의 옷에 묻은 먼지를 털고 눈물을 닦아주던 희고 긴 손가락도 모두 새겨지듯 규식의 머릿속에 남았다. 그녀가 지나가고 난 자리에 남은 향기마저 너무 좋아서 쉬이 그 자리를 떠나올 수조차 없었다.

"미친 게야. 홀로 지낸 지 너무 오래되어 정신이 어떻게 된 게지."

그리 말하면서도 머리를 털어 홍소저의 잔상을 쉬이 떠나보내고 싶지 않았다. 규식의 눈에 급하게 접어서 숨겨놓은 종이가 보였다. 최치원의 접시꽃을 적은 것이었다.

종이를 펴서 제가 적어둔 시를 한참 동안 보던 규식이 몇 번 머뭇거리다 붓을 잡은 뒤 새 종이를 제 앞에 펼쳤다. 그리고 천천히 시를 적어 내려가기 시작했다. 한자 한자 정성들여 오랜 시간 적은 규식이 그것을 곱게 접어 봉투에 넣었다. 봉투 겉면에 제 이름과 홍소저 이름을 적은 뒤 책상 위에 올려두었다.

"미쳤다, 미쳤어."

스스로를 한심해하면서도 규식은 그 봉투에서 눈을 뗄 수가 없었다. 이미 머릿속은 내일 저것을 어찌 건네줘야 하나, 그 생각으로 온통 가득 차 있었다.

정원에 날아든 나비

주인이 세자빈이 되어 입궁한 뒤로 오랫동안 사람의 온기 없이 썰렁했던 별당에서 오랜만에 따뜻한 불빛이 비치고 여인들의 밝은 웃음소리가 흘러나왔다.

별당을 향하는 형수의 발걸음이 가볍고 경쾌했다. 댓돌에 막 올라서던 그가 문 밖을 넘어 흘러나오는 말소리에 우뚝 멈춰 섰다.

"두 사람이 같이 서 있는 모습이 한 폭의 그림 같았습니다."

"그러게 말일세. 멀리서 봐도 최대관의 표정이 봄바람처럼 따뜻하더군. 어찌나 보기가 좋던지."

"최대관이 참으로 풍채가 좋고 귀인상이더이다."

"아씨에게서 눈을 떼지 못하던 걸요."

"어머머, 얼굴이 붉어지셨네. 아씨도 사내 앞에서는 수줍음을 타는 모양입니다."

"놀리시니까요. 자꾸 놀리시니 그렇지요."

"전 지금까지 저희 도련님이 이 한양 바닥에서 제일 인물이 좋은 줄 알았습니다. 그런데 최대관을 보니 그가 더 낫던 걸요?"

"에그, 그래도 난 우리 도련님이 더 낫던데."

"아씨 눈에는 누가 더 나아보였습니까?"

"아이, 참."

"멀리서 보니 아씨의 양 볼이 연지를 찍은 것 마냥 붉던걸요. 그리 잘 생긴 사내가 앞에서 뚫어져라 보고 있는데 마음이 동하지 않을 계집이 어디 있겠습니까?"

"어머머, 지금은 귀까지 빨개지셨네요."

"아이 참, 그만 놀리시래두요."

"그래도 아니란 말은 절대 하지 않는구나."

"그러게요. 아니라곤 안 하네요."

어울리지 않게 가냘픈 웃음기가 섞인 덕이의 볼멘소리에 이어 여인들의 웃음소리가 터져 나왔다. 형수의 표정이 천천히 굳어갔다. 헛기침을 하며 마루에 올라서는 그의 얼굴에서는 언제 그랬냐는 듯 웃음기를 조금도 찾아볼 수가 없었다.

"어, 자네 이제 오는가."

부부인이 형수를 반갑게 맞이했다.

기다렸다는 듯 발딱 일어서서 인사하는 덕이를 모른 척하며 형수가 자리에 앉았다.

"어디 갔다 오는 겐가? 오자마자 자네를 찾았다네. 오늘 아주 일을 잘 마쳤네. 소식은 들었는가?"

무릎을 당겨 앉는 부부인의 얼굴에 흐뭇한 미소가 가득했다. 덕이역시 뿌듯한 표정이었다. 자신을 바라보는 여인들의 호기심 가득한시선들을 무심히 외면하며 형수가 조용히 입을 열었다.

"여흥 민씨 쪽에서 들어온 혼처 중 최대관을 가장 긍정적으로 생각하고 있다 하더이다."

집에 들어설 때만 해도 굳이 이 말을 할 생각은 아니었다.

이미 각설이패를 통해 안에서 일어난 일을 다 전해 들었던 형수는곧장 좌의정 대감 댁의 동태를 살폈다. 얼마 지나지 않아 좌의정 대감이 내향으로 사람을 보내는 것을 확인한 형수는 일이 제대로 풀려가고 있음을 확신하고 뛸 듯이 기뻤다.

동태를 살피라 보낸 이를 통해 여흥 민씨 댁에서 규식을 마음에들어 한다는 이야기를 듣기는 했으나 무심히 한 귀로 듣고 흘렸다. 내향에 내려가 있는 동세에게 사람을 보내기 위해 바쁘게 움직였을뿐이었다. 그런데 왜 지금 자리에 앉자마자 이 이야기를 꺼낸 것인지 형수는 제가 말을 해놓고도 스스로가 이해되지 않았다.

굳이 할 필요도 없는 이야기를 해서 즐거웠던 분위기를 한 순간싸늘하게 만들어버린 것이 한편으로는 무안했다. 그러나 형수는 복잡한 제 속내를 숨기며 무뚝뚝한 표정을 풀지 않았다.

"영의정 대감의 처조카 말인가?"

"네."

"한양에서 제일가는 규수라 그 쪽에서 고르는 형편이라더니?"

"규수의 부친이 최대관을 직접 만난 적이 있는데 그때 좋게 본 모양입니다. 모친은 재취인데다 나이 차이가 많이 난다며 내켜하지 않는데, 부친이 최대관을 원하니 아무래도 최대관으로 결정 나지 않을까 한답니다."

방안에 앉은 이들 사이에 걱정스러운 시선이 오갔다. 다소곳하게 앉아 있던 덕이가 고개를 들었다.

"직접 보셨습니까?"

형수를 보는 덕이의 눈빛이 제법 도전적이었다. 주로 부부인을 향해 있던 형수의 시선이 천천히 덕이에게로 옮겨 갔다. 부딪히면 쨍, 하고 소리가 날 것처럼 두 사람이 상대를 향해 찌르듯이 노려보는 것처럼 보였다.

"누굴 말이냐? 민씨 규수를 말이냐?"

"네."

우스운 질문이었다. 별당에 갇힌 규중처자가 사내에게 얼굴을 보일 턱이 없었다. 덕이라서 할 수 있는 질문이었다. 부부인이 무슨 그런 말도 안 되는 소리를 하냐는 표정으로 한소리 하려 했으나 형수가 더 빨랐다.

"본 적 있다."

부부인의 입이 딱 벌어졌다. 말도 안 되는 소리라고 따져야 하는데, 너무 기가 막히니 말이 되어 나오질 않았다. 분명 형수는 며칠 전에 그 아씨에 대해 설명하면서 본 적이 없는 것처럼 말했다. 그런데 어찌 며칠 만에 규중규수를 형수가 봤단 말인지 부부인은 이해할 수 없었다. 겨우 정신을 수습한 부부인이 따지듯이 형수에게 물었다.

"자네가 봤다고? 직접? 어떻게?"

"어찌 봤습니다."

부부인의 말에 대꾸하면서도 형수의 시선은 덕이에게서 떨어질 줄을 몰랐다. 뚫기라도 할 기세였다. 그런 형수를 부부인이 관찰하듯 유심히 살폈다.

"곱더구나. 어려서부터 귀하게 자란 아기씨라 한눈에 봐도 자태가 곱고 귀해 보였다. 말투도 나긋하고 행동가지도 조신한 것이 어느 사내든 탐낼 만하더라."

덕이의 얼굴이 붉게 달아올랐다. 갑자기 분해지는 마음에 찔끔 눈물마저 나오려 해 얼른 머리를 숙여야 했다.

부부인이 이번엔 고개를 갸웃거렸다. 대체 형수가 어찌 그 댁 규수를 볼 수 있었으며 자태와 말투까지 또 어떻게 아는 것인지 도무지 알 수 없는 노릇이었다. 시집가지 않은 처녀는 부인들의 모임 자리에도 함부로 내보이지 않는 것이 반가의 엄격한 법도였다. 그랬기에 부부인 역시 여지껏 그 처녀를 보지 못했으며, 보여 달라 찾아갈 생각조차 하지 않았다.

'정말 봤단 말인가……'

부부인이 미간을 찌푸렸다. 의심이 꼬리를 물고 이어졌다. 어느 순간 그녀는 그 의심의 끈을 굳이 계속 잡아당길 필요가 없다는 걸 눈치 챘다. 좋은 생각이 난 부부인이 편안한 미소를 띤 채 형수에게 말을 건넸다.

"그래, 자네가 보기에 그리 곱더란 말이지?"

"네."

"자네 아직 혼인을 하지 않았다 들었는데, 그런 여인을 찾느라 혼인하지 않은 게로군?"

내내 무심하던 형수의 양 볼이 가늘게 떨렸다. 부부인은 그것을 놓치지 않았다.

"자네가 그런 여인을 좋아하는 줄 내 진즉 알았으면 혼처를 좀 알아볼 것을. 내 너무 무심했네. 이것도 인연인데 말일세."

"아닙니다."

"종질, 내 그럼 내일이나 모레 민씨 규수 댁에 가서 그 아이를 좀 봐야겠네. 그래야 그 아이와 닮은 규수를 찾아 우리 종질에게 소개시켜줄 게 아닌가."

형수의 두 눈이 정처없이 흔들렸다. 못 들은 척 부부인의 눈길을 피한 형수는 아무런 대꾸가 없었다. 걸려들었다. 부부인이 회심의 미소를 지었다.

덕이는 한 번 숙인 고개를 들지 못한 채 가늘게 몸을 떨고 있었다. 그래서 그와 부부인 사이의 묘한 추궁과 떠보기를 조금도 눈치 채지 못했다.

"들뜨지 말고 내일 궐에 갈 준비를 단단히 해야 할 것이다. 어서 잠자리에 들고 내일은 평소보다 더 일찍 자리에서 일어나 단장하거라."

더 할 말 없다는 듯 형수가 서둘러 자리에서 일어나 부부인에게 인사한 뒤 방을 나갔다.

부부인이 웃음을 참기 위해 어금니로 볼 안쪽을 지그시 깨물었다. 형수가 퉁명스레 구는 이유를 제공하고 있는 게 분명해 보이는 덕이를 보니 어느새 눈이 발갛게 충혈되어 있었다.

"못 봤을 것이다. 걱정 말아라."

"네?"

"어느 규중규수가 함부로 외간 남자에게 얼굴을 보인다 하더냐. 부러 너를 놀리려 그러는 것이지 봤을 리가 없다."

고집 센 아이처럼 눈을 부릅뜬 덕이가 고개를 도리도리 저었다.

"거짓말 하실 분은 아닙니다."

"제 속내를 숨기고 싶을 땐 사내도 거짓말을 하는 법이다. 강도령도 사내가 아니더냐. 그러니 맘 쓰지 말거라."

다정한 위로였으나 이미 덕이의 귀에는 제대로 들어오지 않았다. 따뜻하게 그녀를 다독거린 부부인이 자리에서 일어나자 잠시 덕이의 몸종으로 부부인 댁에 머물고 있는 기생들도 따라서 방을 나갔다. 순이네와 단 둘이 남게 되자 그제야 덕이는 내내 꾹꾹 눌러 참았던 분통을 터뜨렸다.

"무슨 말을 저리 밉게 한단 말입니까? 잘했다는 칭찬 한마디 없이."

붉으락푸르락하는 덕이를 순이네가 다정한 손길로 달랬다. 자신이 봐도 형수가 이상하리만큼 냉정했다. 잘했다는 말을 충분히 해주고도 남을 성품인데 왜 그리 모질게 구는 것인지 이해하기 어려웠다.

어린 시절 제 손으로 기저귀를 갈아가며 키운 도련님이고, 돌아온 후에도 가장 가까이 시중을 든 순이네였다. 월향만큼이나 형수를 잘 안다고 자신했으나 이상하게도 덕이와 얽히는 일에서 형수는 늘 여태껏 순이네가 알고 있던 형수를 벗어났다. 어렴풋이 짐작이 가긴 했으나, 그런 말을 덕이에게 해줄 수는 없는 노릇이었다. 벙어리 냉가슴을 앓으며 순이네가 덕이를 위로했다.

"부부인 마님께서 신경 쓰지 말라고 하시지 않습니까. 아씨가 경거망동하실까 봐 되련님이 걱정돼서 그러신 게지요."

"저는 늘 가볍고 경거망동하기만 하는 사람입니까? 왜 저는 믿어주지 않습니까. 다른 계집은 얼굴 한 번만 보고서도 그리 칭찬을 하시면서요."

떼를 쓰듯 덕이가 두 발을 굴렀다. 순이네 역시 형수에게 묻고 싶었다. 대체 왜 그러는 것이냐고.

늦은 밤, 동궁전의 흐린 불빛 아래 채제공과 홍국영이 자리했다. 맞은편에 앉은 산은 어둠 속에 잠겨 있었다. 보는 눈을 피하기 위해 부러 불을 거의 켜지 않은 까닭에 서로의 표정을 알아보기 어려울 정도였으나 셋은 불편함을 느끼지 못하는 듯했다.

"그리 잘했단 말이오?"

어둠 속에서 들려오는 산의 목소리는 평소보다 들떠 있었다.

"예, 저하. 제 눈을 의심할 정도였나이다. 참으로 훌륭한 솜씨였습니다.

그리고 대답하는 채제공 역시 평소보다 즐거워보였다.

"최대관의 기색은 어떠했소?"

"다녀와서 한동안 넋을 빼놓고 앉아 있었습니다. 소신이 홍소저에 대한 말을 꺼내니 고개를 번쩍 드는 얼굴이 누가 봐도 계집에게 반한 사내의 모습이었습니다."

어둠 속에서 낮은 산의 웃음소리가 들려왔다. 채제공과 국영이 눈을 마주치며 빙긋이 미소 지었다.

"아주 잘 되었소. 내일 홍소저를 다시 보면 최대관이 흠뻑 빠지겠구려."

"헌데 저하, 내일 다시 만나는 것보다 며칠 뒤에 보는 것이 더 낫지 않겠습니까? 며칠 묵어야 그리움이 더 깊어지고 애가 타는 법 아닙니까."

"그것은 정이 든 후겠지요. 일단 만나야 정이 들고, 그 정이 깊어지지 않겠습니까."

국영이 조곤조곤 반박했다.

"특히 최대관처럼 고지식하고 자기 절제에 익숙한 자는 들끓는 자신의 마음을 쉬이 잠재울 사내입니다. 그러니 마음이 동했을 때 다시 만나 불을 붙여야 합니다. 도저히 참을 수 없게 만들어야 일이 쉽게 진행될 것입니다."

"대체 어찌 불을 붙이려는 게요? 다시 마주친다 해서 양갓집 규수에게 수작을 걸 자가 아니지 않소?"

"그래서 오늘 채판서를 이리 부른 것이오."

산이 몸을 앞으로 숙이자 자력이 끌어당기듯 채제공과 국영의 몸도 그 가까이 기울었다. 흐린 불빛 아래 세 사람의 형체가 어스름히 드러났다.

"정확한 때에 맞추어 최대관을 후원으로 보내주시오. 적당한 구실로 심부름을 보내면 되오. 후원에 홍소저가 있다는 것에 온 신경이 팔린 최대관은 아마 이상한 점을 눈치 채지 못할 것이오."

"생각해두신 방책이 있으신 겝니까?"

산이 고개를 끄덕였다. 어떤 방법이냐고 물으려던 채제공이 입을 다물었다. 벽에도 귀가 있는 대궐이었다. 말은 적게 할수록 좋았다.

"하온데 저하, 소신 여쭙고 싶은 게 있습니다."

"무엇이오?"

"정녕 그 아이와 최대관을 혼인시키실 생각이십니까?"

채제공의 걱정스런 시선이 산을 향했다.

"덕이가 노비인 것을 언제 밝힐 생각이십니까? 언젠가는 밝혀야 좌판과 거래를 할 것 아니옵니까?"

걱정 많고 인정 많은 채제공이 할 법한 고민이었다.

"내가 원하는 것을 얻게 될 수 있다는 판단이 드는 순간, 그 순간이 덕이의 존재가 밝혀지는 때겠지요."

그 속내를 누구보다 잘 알겠다 싶은데 답변은 모호하기만 했다.

"허면 그 후에 덕이는 어찌 되는 것입니까?"

"나는 이 일을 통해 내가 원하는 것을 얻으려 할 뿐이오."

채제공은 더 이상 묻지 않기로 했다. 산이 하는 이 일 역시 다른 형태의 정치였다. 그렇다면 자신은 신하로서 산의 일을 도우면 될 일이었다.

"명심하겠나이다, 저하."

산의 몸이 다시 어둠 속으로 잠겼다.

밀랍을 턱과 인중에 바른 형수가 명경을 들여다보며 인조모를 조심스럽게 코 위에 붙였다. 혼자 하는 것은 처음이라 익숙지 않은 손 끝이 자꾸만 실수를 했다. 짜증스러움에 형수의 미간에 깊은 골이 패였다.

"접니다. 잠시 들어가겠습니다."

문 밖으로 덕이의 목소리가 들리더니 이내 문이 열렸다.

형수가 놀라 털을 붙이던 자세 그대로 덕이를 보았다.

방으로 들어오던 덕이가 그를 보고 잠시 멈추었다가 다시 조용히 들어와 맞은편에 앉았다.

"순이네가 밀랍이 부족할 거라며 도련, 아니 오라버니께 가져다주라고 했습니다."

사실 순이네가 가지고 가려는 것을 자신이 가겠다고 나선 참이었다. 어제 일 때문에 맘이 상해 꼴도 보기 싫었다. 헌데 수염을 붙인다고 하니, 그 모습이 어떨지 궁금했다. 다른 한 편으론 단 둘이 있을 때 대체 어제 왜 그랬냐, 묻고 싶은 마음도 있었다.

"두고 나가거라."

덕이가 뭐라 말할 틈도 없이 형수는 무심히 대답한 뒤 다시 명경만 들여다보았다. 덕이의 눈빛이 뾰족해졌다. 입을 삐죽거리던 덕이가 형수 앞에 자리를 잡고 앉았다. 어느새 눈앞으로 선뜩 다가와 있는 덕이의 얼굴에 화들짝 놀라 형수가 저도 모르게 고개를 뒤로 뺐다.

"왜 이러느냐?"

"제가 해드릴까요?"

손에 익지 않아 어설프게 붙인 까닭에 형수의 코에 붙은 수염의 꼴은 영 볼품없었다.

"되었다."

"오라버니보다 제가 나을 터인데."

손을 휘저으며 거절했으나 더 바짝 다가드는 통에 형수는 결국 졌다는 듯 손을 떨어뜨렸다. 어차피 혼자서는 도저히 안 될 것 같아 순이네에게 도와 달라 청할 참이었다. 그러니 덕이의 손을 빌리는 것도 나쁘지 않을 듯싶었다.

"해보아라."

덕이와 저 사이에 놓여 있던 상을 치운 뒤 형수가 얼굴을 내밀었다. 덕이가 신난 얼굴로 집게와 가위를 집어들었다. 그리고 조심스럽게 인조모를 들어 인중에 붙이기 시작했다.

형수의 볼 아래 덕이의 숨결이 닿았다. 가볍게 스치고 가는 숨소리에 기분이 묘해져 눈을 뜨면 덕이의 속눈썹이 제 눈 아래 있었다. 덕이의 볼에 제 코가 금방이라도 닿을 것 같아 그는 자신도 모르게 뒤로 몸을 뺐다. 덕이가 인상을 찌푸리며 형수를 붙잡았다.

"움직이시면 안 됩니다."

손으로 제 무릎을 당기는 통에 놀란 그의 몸이 뻣뻣하게 굳었다. 더 이상 움직이지 않고 고분고분 가만 있자 덕이가 만족한 얼굴로 다시 집중하기 시작했다. 어느새 인중에 수염을 다 붙였다. 그 사이 형수는 숨조차 제대로 쉬지 못했다. 덕이의 입술에 제 숨이 닿을 것만 같아 숨 쉬는 것조차 조심조심 작게 끊어 쉬었다.

인중의 털을 마무리한 다음 아래턱에 털을 붙이기 시작했다. 내내 눈을 내리깔고 있던 덕이가 시선을 위로 향하는 순간 형수와 눈이 마주쳤다. 무안했는지 황급히 덕이가 눈을 아래로 내리떴다. 형수 역시 당황함을 숨기느라 본능적으로 눈을 잘게 깜빡이며 헛기침을 했다.

"정말 그리 고왔습니까?"

어느새 슬쩍 눈을 치켜뜨며 덕이가 기어이 안 묻고는 못 배기겠다는 듯 질문을 던졌다. 형수가 무슨 말인지 몰라 의문을 담은 시선으로 그녀를 보았다.

"그 민씨 규수 말입니다. 그리 고왔습니까?"

"아, 그럼."

"정말 실제로 보셨습니까?"

형수와 덕이의 시선이 묘하게 마주쳤다.

"그렇다고 하질 않았느냐."

형수가 슬쩍 그녀의 눈을 회피했다. 덕이의 표정이 다시 뿌루퉁해졌다. 시무룩하게 입을 다문 그녀는 턱에 털을 마저 붙인 뒤 손을 떼고 뒤로 물러났다. 명경을 들여다보자, 월향이 해준 것처럼 단정하게 마무리된 솜씨가 썩 만족스러웠다.

"잘했구나. 고맙다."

아이를 칭찬하듯 어르던 형수가 잔뜩 원망이 깃든 눈과 마주치자 멈칫했다. 불퉁하게 입을 내민 덕이는 대단히 서운한 듯했다.

"왜 그러느냐?"

"정말 도련님도 그런 아씨가 좋습니까?"

"그게 무슨 소리냐?"

"그리 음전한 아씨가 좋으냐 말입니다. 그런 아씨를 찾느라 아직 혼인하지 않으신 겝니까?"

축 늘어지는 두 눈에 형수가 피식 웃었다. 그 웃음이 더 분한 듯 덕이의 눈가가 발갛게 변했다.

"대체 얼마나 고운 아씨이기에 그 아씨를 생각하시느라 제게 잘했다 수고했다는 말 한마디를 안 하십니까?"

양 볼에 잔뜩 힘이 들어가 있었다. 엿을 주지 않는다 억울해 하는 다섯 살박이 어린아이 같았다.

"칭찬 받고 싶었느냐?"

"네."

"아무 말도 해주지 않아 분하더냐?"

"네."

"나 말고 다들 잘한다 해주지 않았느냐? 그럼 되었지 무얼."

"그래도 도련님께 받고 싶었습니다. 도련님이 가르쳐주신 것이니까요. 도련님이 잘했다고 해야 정말 잘한 것 아닙니까."

인정받고 싶은 대상은 형수뿐이었다. 할 수 있을 것이라고 처음 손을 내밀어준 사람이 형수니, 잘했다는 마지막 확인 역시 그에게 받아야 했다. 서운한 맘에 눈썹은 팔자로 늘어뜨려지고 두 눈엔 가득 속상함과 원망이 담겼다.

지금 덕이의 모습이 꼭 비에 젖은 강아지가 낑낑 거리는 모양새 같아 형수가 너털웃음을 터뜨렸다. 왜 웃는지 몰라 금세 덕이의 눈꼬리가 위로 바짝 올라갔다.

제게 꼭 칭찬을 받고 싶어 하는 그 마음이 예뻤다. 기분이 썩 괜찮았다. 형수가 부드럽게 덕이의 머리를 쓰다듬었다.

"잘하였다."

"정말요?"

"그럼. 잘하였다. 어제 정말 잘하였다."

금세 기쁨으로 덕이의 표정이 환해졌다.

"그럼 차비하겠습니다."

치마를 손에 말아쥔 채 바쁜 걸음으로 덕이가 방을 나섰다. 방에 홀로 남은 형수의 얼굴에선 서서히 웃음이 사라졌다.

분명 잘하였다. 그런데 왜 자신은 기쁘기보단 씁쓸한지 모를 노릇이다. 오늘도 잘 해달라는 말이 어찌해서 목구멍에 걸려 나오지 않는지도 모를 일이다. 정말 모를 일이다. 제 손으로 다 만들어놓고선 막상 내놓기는 싫은 이 마음이 대체 어디서 비롯된 것인지 말이다.

참으로 간사하고 심술궂은 것이 사람의 마음이라 생각하며 형수가 도포를 걸친 후 소매 안에 종이와 붓을 챙겼다. 오늘 할 일을 생각하며 자꾸만 드는 잡생각을 떨치려 애썼다.

빈궁전에는 국영과 산이 먼저 와서 기다리고 있었다.

처음보다 훨씬 누그러진 태도로 빈궁이 두 사람을 맞이했다. 인사를 한 뒤 자리에 앉자마자 곧 차가 나왔다. 그 순간 갑자기 형수가 아랫배를 움켜쥐었다.

"저기, 망극하오나……."

어느새 그의 이마에 식은땀이 송골송골 맺혀 있었다.

"자네 왜 그러나? 어디 아픈가?"

"측간에 좀……."

산의 눈치를 살피며 형수가 소곤거렸다. 사태를 짐작한 국영이 호쾌하게 웃었다.

"이 오누이가 정말, 어째 여동생이랑 오라비가 번갈아 가며 나란 히 배가 아픈 것인가."

국영이 농조로 꾸짖자 산과 빈궁이 웃음을 터뜨렸다. 민망함에 덕 이의 양 볼이 발갛게 익었다. 국영이 형수를 데리고 밖으로 나갔다. 내실을 나가기 직전, 국영과 산이 재빨리 눈짓을 주고받았다. 안도 하는 시선이 짧게 허공에서 부딪혔다.

국영과 형수가 나가고 문이 닫히자 산의 시선이 자연스럽게 덕이 를 향했다.

"차를 들거라."

"네."

조용히 차를 권하는 산의 말에 덕이가 조신한 자태로 찻잔을 들 었다. 향을 음미한 뒤 한 모금 마시고, 입에 잠시 머금었다가 넘기는 모습이 제법 다도를 배운 태가 났다.

"다도도 배웠느냐?"

"네."

처음에는 탐탁치 않아 하던 빈궁도 이젠 마음속으로 감탄을 금치 못하며 다소곳 앉은 덕이를 머리끝부터 발끝까지 꼼꼼히 보고 또 보았다. 허리를 세우고 꼿꼿하게 앉은 자세, 단정하면서 절도 있는 몸가짐, 고운 손끝과 아래로 내리뜬 눈매까지, 아무리 보고 또 보아 도 어디 흠 잡을 데가 없었다. 이 아이가 불과 얼마 전까지 노비였다 는 게 믿기지 않았다.

제 기억 속의 노비는 궁에 있는 무수리보다도 못한 행색을 한 이들이었다. 헌데 눈앞에 있는 이 아이는, 공주나 옹주에 빗대어도 모자라지 않을 자태를 가지고 있었다. 꼭 도깨비 놀음 같았다. 대체 몇 달 동안 무엇을 어떻게 배우면 이리 될 수 있는지 궁금했다.

빈궁이 무어라 말을 더 시키려는 것을 산이 눈짓으로 제지했다. 그리고 덕이를 보며 차를 재차 권했다.

"잔을 비우거라. 오랫동안 두면 식어서 차 맛을 느끼지 못하느니라."

차를 빨리 마시는 것은 다도에 맞지 않는 일이다. 무엇인가에 쫓기는 사람처럼 산은 서두르고 있었다. 덕이는 의아했으나 별 말 없이 그가 시키는 대로 잔을 비웠다. 산이 뭔가 다른 꿍꿍이를 가지고 있다는 것을 짐작한 빈궁은 입을 다문 채 모른 척했다.

덕이가 찻잔을 다 비울 즈음 국영이 돌아왔다. 산과 국영이 눈짓을 주고받았다.

"궐의 후원을 한번 보겠느냐? 겨울이라 꽃구경은 할 수 없지만 눈이 내린 것도 제법 절경이니라."

덕이가 무어라 대답해야 할지 몰라 머뭇거렸다. 그러나 산은 이미 그러겠다는 대답을 듣기라도 한 것처럼 고개를 끄덕였다. 그리고 언제 들어왔는지 모를 국영에게 덕이를 맡겼다.

"후원으로 홍소저를 안내해주시게. 우리 두 사람도 곧 뒤따라가겠네."

"네."

기다렸다가 형수가 오면 같이 가고 싶은데, 그런 말을 꺼낼 수 있는 분위기가 아니었다. 정신을 차려보니 어느새 덕이는 후원에 서 있었다.

"잠시 여기 있거라. 내 마마를 모시고 올 터이니."

"저기, 오라버니는 안 오십니까?"

"글쎄다. 배탈이 단단히 난 모양이지?"

덕이가 더 말을 걸까 저어하는 것처럼 국영은 제 할 말을 마치자 마자 훌쩍 가버렸다.

졸지에 아무도 없이 후원에 혼자 남은 덕이는 얼떨떨했다. 두툼 하게 껴입긴 했으나 거친 겨울바람이 부는 휑한 후원에 홀로 서 있 자 한기가 더 매섭게 느껴졌다.

삼 일 춥고 사 일 풀리는 겨울 날씨에 눈이 얼었다 녹았다를 반 복한 까닭에, 후원의 모습은 절경과는 거리가 멀어 그다지 구경할 것도 없었다. 어디로 가야 할지 몰라 덕이는 제자리를 맴돌기만 했 다. 차가운 겨울바람이 귓가를 스치고 지나갔다. 그 순간 갑자기 머리가 윙 돌며 시야가 흐릿해졌다. 눈을 끔뻑거리고 고개를 흔들 며 정신을 차리려 애를 썼다. 허나 시간이 지날수록 어지럼증은 더 해졌다.

"홍소저?"

뒤에서 저를 부르는 소리에 천천히 몸을 돌렸다. 규식이 서 있었 다. 사내의 얼굴을 똑바로 마주 봐선 안 된다고 배웠던 것이 생각나 자세를 바로 하려는 순간 세상이 빙빙 돌며 덕이를 덮쳐왔다. 바닥 으로 쓰러지며 정신을 잃었다.

"홍소저, 홍소저!"

덕이의 몸이 바람에 넘어지는 장대처럼 뒤로 넘어갔다. 놀란 규식이 황급히 달려와 그녀의 몸을 감싸 안았다. 덕이가 기운 없이 규식의 몸에서 늘어졌다. 떨리는 손으로 코 밑에 손가락을 가져다 댔다. 더운 숨이 가늘게 나와 손가락을 간지럽혔다. 아무도 없느냐고, 여기 좀 오라고 소리 칠 정신도 없었다. 급한 마음에 앞 뒤 가릴 것 없이 규식이 덕이를 품에 안은 채 일어섰다. 그리고 황급히 내의원 쪽을 향해 뛰기 시작했다.

"무슨 일이오?"

후원을 벗어났을 때 웬 사내가 규식의 앞을 가로막았다. 형수였다.

"비키시오! 급하오!"

"무슨 일이기에 이 아이가 정신을 잃었느냐고 묻지 않소?"

규식을 노려보는 형수의 두 눈이 형형했다. 그의 기세에 머뭇거리는 사이, 형수가 빼앗듯이 규식에게서 덕이를 옮겨와 제 품에 안았다. 뒤늦게 정신을 차린 규식이 그를 붙잡았다.

"그대는 누구요? 누군데 함부로!"

"오라비요."

상대의 냉랭한 한마디에 규식의 팔이 힘없이 아래로 떨어졌다. 당황한 그의 두 눈이 어지러이 흔들렸다. 황망해하는 규식을 형수가 경멸스러운 시선으로 쏘아보았다.

"혼인도 안한 여인을 이리 함부로 안고 돌아다니면 어쩌자는 것이오? 궐에 있는 너도나도 다 보라고 이리 다니는 것이오? 누가 보기라도 했으면 이 아이의 앞날은 어쩔 뻔하였소?"

"그것이, 그것이 너무 급하여⋯⋯."

"사람을 불렀어야지요! 생각이 있다면 규중규수를 이리 대하진 않을 겝니다."

야멸차게 대꾸해준 뒤 형수가 덕이를 추스르며 규식에게서 돌아섰다.

뒤에 홀로 남은 규식이 멀찍이 달려가는 그의 뒷모습을 보며 장승처럼 서 있었다.

한편 덕이를 안고 한 걸음씩 걸을 때마다 형수의 속은 부글부글 끓어올랐다. 궐의 지도를 그린다고 돌아다니다 마주치지 않았다면 대체 어쩔 뻔했나 싶어 아찔했다.

규식과 맞닥뜨린 순간, 형수는 제 눈으로 보면서도 눈을 의심했다. 그를 예전에 만나지 않았더라면, 누군지 몰랐더라면, 아마 무심히 스쳐 지나갔을 것이다. 오히려 들키지 않으려 몸을 숨겼을지도 모른다. 그가 웬 여인을 안고 있는 것이 이상해서 멈칫했다. 허나 품 안에 늘어진 여인의 복색이 덕이와 꼭 같은 걸 보면서도 덕이라고 생각하지 않았다. 방금 전까지지 멀쩡하던 아이가 죽을 듯이 늘어져서 사내 품에 안겨 있다는 걸 어찌 상상이나 했겠느냔 말이다.

쓰러진 이가 덕이라는 걸, 규식이 안고 있는 여인이 덕이가 맞다는 걸, 머리가 파악하기 이전에 몸이 먼저 알고 달려갔다. 조금만 늦었다면 어찌 되었을지, 상상만으로도 눈앞이 아찔해졌다.

"대체 어찌된 일이냐. 왜 그러고 있었던 것이야."

누구에게 하는지 모를 원망을 늘어놓으며 형수가 덕이를 안고 빈 궁전으로 향했다.

"어? 어찌 자네가?"

가는 길에 만난 국영과 산의 반응을 보고나서야 형수는 왜 갑자기 덕이가 쓰러졌는지 어림짐작할 수 있었다. 그들은 덕이가 쓰러진 것을 놀라워하지 않았다. 다만 덕이를 안고 있는 것이 형수인 것을 놀라워할 뿐이었다.

형수가 화가 난 제 얼굴을 숨기기 위해 고개를 꾸벅 숙여 인사한 뒤 그들을 스쳐 지나갔다. 온몸에 가시를 가득 세운 것 같은 날선 기세에 국영이 차마 형수를 붙잡지 못했다.

쓰러져서 돌아온 덕이를 보고 부부인이 놀라 버선발로 뛰어나왔다. 혼비백산한 부부인을 안심시킨 뒤 안방에 덕이를 눕혀놓고 나오자, 국영이 별당 앞 후원에서 형수를 기다리고 있었다.

형수가 별당에서 국영과 마주 앉았다.

"어찌 된 일입니까?"

"무엇이 말인가?"

"왜 저리 쓰러진 겁니까? 왜 저 아이가 쓰러져서 최대관의 품에 안겨 있었냔 말입니다."

"오, 최대관을 만났구만? 그래 최대관이 홍소저를 안고 있었나?"

기대하지 않았던 소식을 듣게 된 것이 반가워 국영이 눈을 빛내며 기뻐했다. 흥분한 그의 눈엔 제 앞에 앉은 형수가 기가 막히고 코가 막혀 하는 것이 보이지 않았다.

"둘이 그리 마주치게 하다니 기막힌 생각 아닌가? 제 앞에서 쓰러지는 여인을 보고 어느 사내가 맘이 동하지 않겠나? 목석같은 최대관이라도 아마 제대로 불이 붙었을 걸세. 그래 무어라 하고 홍소저를 데려왔나?"

"낭청 어르신!"

얼굴에 화색이 도는 국영을 보며 형수가 자신도 모르게 버럭 고함을 질렀다.

"왜 그러는가?"

"그리 마주치게 하려고 대체 저 아이에게 무슨 짓을 하신 것입니까?"

"마비산을 소량 썼을 뿐이네."

"어찌, 어찌 그런 짓을 한단 말입니까?"

"자네 왜……."

몸까지 부르르 떨며 눈을 부라리는 형수가 국영은 낯설게 느껴졌다. 그러나 많이 당황스럽지는 않았다. 그에게서 좀체 볼 수 없던 모습을 만난 게 한편으로는 흥미롭기도 했기 때문이다.

형수를 안 지 여러 해 되었지만 그는 언제나 제 앞에서 속없는 사내처럼 굴었다. 회합에서도 별반 다르지 않았다. 정말 화를 내야 하는 상황에서도 형수는 늘 뒤로 한 발 물러섰고, 나와는 상관없다는 태도로 일관하며 대수롭지 않게 웃어 넘겼다. 기껏 화라도 난걸까 짐작해볼 수 있는 건 약간 상기되거나 표정이 굳을 때뿐이었다. 그것마저도 화가 난 건지 그냥 무표정한 건지 간파하기도 어려웠다.

그저 속없는 한량이라고 형수를 잘 모르는 이들은 말하곤 했다. 국영은 달랐다. 몇 년간 눈여겨보면서 그에겐 숨겨놓은 진면목이 있다는 걸 알게 되었다. 진기한 풍경이 잘 드러나지 않듯 속으로 품은 얼굴을 아무에게도 드러내는 법이 없을 뿐이라는 걸.

꼭꼭 감춰둔 얼굴을 정직하게 꺼내놓을 때가 언제가 될까 생각해본 적도 있었다. 그런데 기껏 이런 일로 자신의 맨얼굴을 드러냈단 말인가. 왜 하필 이런 일인가, 왜 이 정도밖에 되지 않나, 차라리 국영은 그렇게 묻고 싶었다. 언제고 보고 싶었던 얼굴이었으나 정작 이런 일로 보게 되니 결코 유쾌하지는 않았다. 그래서인지 인상이 저절로 찌푸려졌다.

"자네 왜 그리 흥분하는 것인가? 오히려 일이 잘 풀리게 되었으니 기뻐해야 할 일 아닌가?"

빈정거리는 말투가 역력했는지 형수가 멈칫했다. 거기에다 능글맞아 보이는 저 입가의 미소는 무언가 은밀한 것을 알고 있는 것처럼 기분이 나빴다.

"무엇 때문에 그리 화를 내는 것인가? 마비산을 썼다고 하나 위험할 정도가 아니었네. 아마 곧 깨어날 것이야."

그때 마치 기다리고 있었다는 듯이 밖에서 기척이 났다.

"도련님, 아기씨 깨어나셨습니다요. 약간 어지럽다고는 하셨으나 몸에 열도 나지 않고 다른 아픈데도 없다고 하십니다."

"알겠다."

자리를 뜨려고 일어나다 국영을 다시 보니 그의 의아한 시선이 형수에게 설명을 요구하고 있었다. 목을 가다듬은 형수가 변명하듯 느리게 말을 이었다.

"규중규수가 외간남자의 품에 안겨 있었는데 그걸 기뻐하란 말입니까? 자결하라 은장도를 던져줄 일이 아니구요?"

"물론 홍소저가 진짜 홍소저라면 그러하겠지. 허나 아니지 않나?"

세상의 논리로 보자면 틀린 말도 아니었지만 형수는 그 말이 너무도 뻔뻔하게만 들렸다. 덕이는 분명 가짜 홍소저인지는 몰라도 앞으로 더 이상 진짜 노비도 될 수 없을 것이다. 이미 그녀는 돌아올 수 없는 강을 건넜다. 진짜든 가짜든 이미 덕이는 노비가 아닌 것이다. 형수는 더 다그치지 않았다. 무슨 말을 해도 왜 그런지 국영은 결코 이해할 수 없을 것이기 때문이다.

"정신 차리시게. 자넨 진짜 저 아이의 오라비가 아니고, 저 아이는 진짜 홍소저가 아니야."

그래서 궁금해졌다. 언젠가부터 화두처럼 붙들기 시작한 물음이었다.

"홍소저를 만들라고 해서 만들었는데 홍소저가 아니라 하시면, 결국 홍소저가 아닌 채 끝난다 그 말씀이십니까. 허면, 이 일이 끝이 있는 일이었습니까? 그럼 그 끝은 어디입니까?"

"그거야 나도 모르지. 마마의 명을 따라야 하지 않겠나."

형수의 눈에서 불꽃이 튀었다.

"사람의 일입니다. 어찌 뒤를 생각하지 않고 이용만 하라 하시는 것입니까."

"자네 처음에 이럴 줄 모르고 시작한 일인가?"

허를 찔린 것처럼 형수의 말문이 닫혔다.

"이럴 줄 모르고 시작했던 것인가, 아니면 하다 보니 마음이 변한 것인가? 이런 줄 몰랐을 정도로 자네가 어리석었을 리 없고 하다가 마음이 변할 정도로 사리분별이 안 될 리 없는 사람 아닌가. 어느 쪽이든 자네답지 않구만."

국영의 질책에 반박할 말을 찾을 수 없었다. 맞다. 충분히 알고 시작한 일이었다. 그러니 국영이 이렇게 따져 물을 만큼 실망하고 질책할 만했다. 자신의 분노가 우스워보였을지 몰랐지만 그럼에도 분했다. 마음 한구석에선 어디까지 걸 것이냐고, 무엇을 위해 계속 가느냐고 묻고 또 물었다. 마음을 가라앉히려고 형수는 무릎 위에 놓인 주먹을 가만히 쥐었다 펴기를 수차례 했다.

"가르치다 너무 정이 든 모양이군. 그럴 수 있지."

형수가 마른침을 삼켰다.

"용서하십시오. 어리석었습니다."

"아니네. 오히려 자네 이런 모습을 보니 사람 같아 보여서 좋구만. 늘 그림처럼 웃기만 해서 속을 알 수가 없었거든."

허허, 국영이 소탈하게 웃었다. 일그러져 기이한 표정이 된 형수의 볼에 가볍게 경련이 일어났다.

국영의 말대로 덕이와 너무 오래 있다 보니 주객이 전도되어 제 역할을 잊어버린 걸지도 모른다. 그저 현실을 받아들이면 되는 것 아닌가. 다시 제정신이 돌아오는 것 같았다. 흔들리는 마음을 다잡았다. 일을 빨리 진행해버리는 게 차라리 나을 성 싶었다.

"최대관에게서 연락이 오면 전에 말씀드린 대로 인현왕후 마마가 쓰셨던 방법을 써서 최대관의 마음을 사로잡겠습니다. 애가 닳아 당장이라도 혼인하겠다는 말이 나오도록 하겠습니다."

"그래, 그리해야지. 새 소식이 있으면 연통을 넣게."

"네."

국영이 그제야 뿌듯하게 웃으며 자리에서 일어났다. 홀로 방에 남은 형수가 무너지듯 자리에 주저앉았다.

규식의 품에 늘어져 있는 덕이를 보는 순간 화가 났다. 왜 그러고 있는가, 이해할 수 없었고 이해하고 싶지 않았다. 정신을 잃은 덕이가 원망스러웠고 안고 있는 규식이 미웠다. 알고 있다. 상식적이지 못한 감정이었고 평소 자신답지 못한 행동이었다는 것을.

국영의 말대로 이 사건은 규식의 감정에 불을 붙여줄 것이고, 더 빠르게 움직이게 할 것이다. 어쩌면 자신이 그리 매몰차게 덕이를 데려왔기에 규식은 지금 더 초조해하고 있을지도 모른다. 좋은 일이다. 다 차려놓은 밥상을 민씨 규수에게 빼앗기는 것보다야 훨씬 잘된 일이다. 그러나 머리로는 분명히 그리 생각하면서도 마음은 헛헛하기만 했다. 무엇 때문인지는 여전히 알지 못했다. 국영의 말대로 정말 가르치느라 정이 들어 스스로를 진짜 오라비라 착각하고 있기 때문인지도 모르겠다.

아무리 생각해도 스스로가 기막혀 기운 없이 피식거렸다. 그때 바깥에서 다급한 발자국 소리가 났다.

"되련님."

급하게 부르는 목소리에서 무엇을 느꼈는지 형수가 자리에서 벌떡 일어나 밖으로 나갔다. 순이네가 초조하게 두 손을 부비며 서 있었다.

"무슨 일인가? 덕이에게 무슨 일이 생긴 것인가?"

"그것이 아니오라, 사랑채에 최대관이 드셨사옵니다."

"뭐라?"

"오늘 있었던 일에 대해 드릴 말씀이 있다며 오셨습니다. 부부인께서 사랑채로 뫼시라 하셔서 지금 거기 계십니다."

예상대로 오늘의 사건이 그 사내의 감정에 활활 불을 지른 모양이다.

"알겠네. 내 곧 가지. 차를 들여주시게."

"예."

순이네가 종종걸음으로 사라진 후 형수가 방안으로 들어와 명경을 꺼냈다. 수염이 여전히 제대로 붙어 있는 것을 확인한 뒤 옷매무새를 정리했다. 그리고 가지고 있는 것 중 가장 화려한 것으로 갓을 바꿔 쓴 후 정교하게 조각된 값비싼 모선을 집어들었다. 다시 한 번 제 옷차림을 살핀 뒤 형수가 방을 나섰다.

문 밖에 서서 작게 헛기침을 한 후 방문을 열고 안으로 들어갔다. 규식이 자리에서 일어나 인사했다. 맞절한 뒤 형수가 자리에 앉았다.

"아까 제대로 된 인사를 드리지 못한 것이 마음에 걸려 이리 찾아왔습니다. 또 아무래도 오해하고 계신 것 같아 그것도 풀어야 할 듯해서요."

문이 열리더니 순이네가 차를 가지고 들어왔다.

"도련님, 아기씨 깨셨답니다."

순이네는 마치 덕이가 이제 막 깨어난 것처럼 부러 소식을 전하고 있었다. 누구를 노리고 하는 말인지는 불 보듯 뻔했다.

규식이 반색하며 순이네에게 말을 건네려다 형수의 눈치가 예사롭지 않음을 느꼈는지 헛기침만 했다. 쓴 약을 머금은 것처럼 절로 형수의 인상이 찌푸려졌다. 덕이의 현 상황을 규식에게 알려주기 위해 그 앞에서 이런 대화를 해야 한다는 것이 불쾌했다.

"그래, 몸은 괜찮은가?"

"네, 잠깐 어지러운 것 외엔 괜찮다고 하셨습니다."

"알겠다. 내 나중에 건너가 볼 터이니 몸조리 잘하라고 전하게."

"네."

차를 머금었으나 차 맛을 느낄 수 없었다. 씁쓸하기 짝이 없는 형수와 달리 규식은 한결 마음이 편해진 얼굴이었다.

"아까 일을 사과하러 오신 거라면 그러실 필요 없습니다. 저희 아이가 행실을 잘못해 벌어진 일이니까요."

규식이 찻잔을 내려놓은 뒤 잠시 머뭇거리다 입을 뗐다.

"그것이 어이해 홍소저의 탓입니까?"

"시집도 안 간 처녀 아이가 외간 남자 품에 안겼으니 잘못한 일이지요."

"그것은 사고였습니다. 홍소저의 잘못도 제 잘못도 아닙니다."

"누구의 잘못도 아니다?"

"네, 다시 그런 일이 벌어진다 해도 저는 예를 따지기 이전에 홍소저를 안고 내의원으로 달려갈 것입니다. 사람 목숨보다 예가 더 중하다고 생각진 않습니다."

형수의 몸이 머리부터 자르르 굳었다. 떨리는 손끝을 숨기기 위해 형수가 자연스럽게 주먹을 쥔 뒤 제 무릎에 올려놓았다.

단 한 번도 규범에서 벗어나지 않은 사내가 대단한 자기 확신을 가지고 감히 예를 논하고 있었다. 자신의 행동이, 자신의 길이 곧 세상의 법도 그 자체였기에 정작 예가 무엇인지 깊이 생각할 필요 없는 삶을 살았을 게 분명한 사내가 말이다. 그것은 자신의 모든 행동이 예라고 자신할 수 있기에 할 수 있는 말이었다. 형수는 결코 가질 수 없는 당당함이었다.

애초에 형수와 규식은 다른 인간이었다. 규식은 쉽게 자신이 하는 모든 행동은 정당하다고 말할 수 있어도, 형수는 자신이 하는 행동을 확신할 수 없었다. 출생부터가 다르니 어쩔 수 없는 노릇이다. 규식을 보면서 형수는 제 한계를 분명히 자각했다. 씁쓸하고 서글펐다.

"그 말씀을 드리고 싶어 이리 달려온 것입니다. 홍소저를 질책하지 말아 달라 부탁을 드리려고요."

"사형은 그리 말할지 몰라도 세상 사람들의 시선이 그와 같지는 않을 터인데요."

"매파를 보내셨다 들었습니다."

형수가 헛웃음을 흘렸다.

"혼인을 하면 그만 아니냐, 이 뜻입니까?"

"그것이 아니오라……."

다급하게 말한 규식이 잠시 말을 멈추었다가 결심한 듯 말을 이었다.

"이리 된 것도 인연이 아닐까 하는 것입니다."

"인연이요?"

"홍소저가 좋습니다."

형수의 시선이 착 가라앉았다.

"마음에 둔 여인이었기에 쓰러졌을 때 더더욱 놀라 이성을 잃었습니다. 그런 제 행동이 잘못되었다고 생각하지 않지만, 만약 문제가 된다면 반드시 책임질 것입니다. 허나 이미 매파를 보내셨다 하니, 오늘의 일을 우리 두 사람이 인연이 있어 생긴 것이라 생각해주시면 안 되겠습니까?"

우리 두 사람이라……. 형수가 마음속으로 규식의 말을 곱씹었다. 어느새 규식은 덕이와 자신을 함께 묶고 있었다. 일은 다 된 것이나 다름없다. 국영에게 그리 전하면 될 것이다. 그리고 자신은 자신이 하기로 마음먹은 다음 일을 하면 될 일이다.

"그렇지 않습니까?"

그런데 왜 이리 자신은 대답을 망설이고 있는지 모를 일이다. 그냥 허허, 웃으며 규식을 돌려보내고 일을 마무리 지으면 간단할 터인데 형수는 마음이 영 내키지 않아 답을 미루고 있었다. 규식이 초조함을 숨기지 못한 얼굴로 형수의 기색만을 살폈다. 그것을 뻔히 알면서도 형수는 미적거렸다.

"일단 돌아가시지요."

"네?"

"집안 어른들과 함께 의논해야 하는 일이니 일단 돌아가시라는 말입니다."

"네……."

규식이 머뭇거리다 소매에서 봉투 하나를 꺼냈다. 한눈에 그것이 연서라는 것을 알 수 있었다.

"이것을…… 홍소저에게 전해주시면 안 되겠습니까."

"참으로 무례하십니다. 아무리 매파가 오갔다 한들 어찌 이리 무모한 짓을 하십니까. 말이 잘못 와전될 경우 저희 아이만 오롯이 그 책임을 감당하게 되리란 것을 모르십니까."

버럭 고함을 지르는 형수를 앞에 두고도 규식은 봉투를 다시 집어

넣지 않았다.

"오늘 본의 아니게 폐를 끼친 것에 대한 미안함과 걱정되는 마음을 적은 것입니다. 다른 뜻이 있는 것은 아닙니다."

"가져가세요. 그 아이 역시 받지 않을 것입니다."

규식이 여전히 고집을 꺾지 않자 형수가 봉투를 집어 들어 규식에게 내밀었다.

"가져가시라니까요! 이런 것을 전해주는 오라비는 세상천지에 없습니다. 여동생이 없으시니 모르시겠지요."

억지로 규식의 손에 연서를 쥐어준 뒤 형수가 먼저 자리에서 일어나 방을 나갔다. 마치 빨리 따라 나오라 재촉하는 듯한 태도였다.

낙담한 규식이 소매 안에 봉투를 집어넣다가 갑자기 인상을 찌푸렸다.

"내게 여동생이 없다는 것을 어찌 알고 있단 말인가……."

규식이 고개를 갸우뚱했다. 넘겨짚었을지도 모르고, 어디서 들었는지도 모를 일이었다. 별일 아니라고 넘기자면 넘길 수 있었지만, 찜찜한 기분이 드는 건 어쩔 수 없었다. 규식이 형수를 붙잡기 위해 빠른 걸음으로 방을 나섰다. 그러나 규식이 밖에 나왔을 때 이미 그는 보이지 않았다. 대신 순이네가 마당에서 기다리고 있었다.

"이리로 오시지요. 배웅하라 하셨습니다."

앞장 선 순이네를 따라가던 규식이 대문 앞에서 걸음을 멈췄다. 뒤에서 더 이상 발걸음 소리가 들리지 않자 순이네가 의아한 얼굴로 돌아보았다.

"이것을 아씨께 좀 전해줄 수 있겠는가?"

형수가 순이네에게 봉투를 내밀었다. 순간 순이네의 눈이 반짝, 빛났으나 황급히 고개를 숙여 자신의 속내를 감추었다.

"어찌 이런 것을……. 이런 것을 전해드렸다가는 쉰네가 경을 칠 것입니다요. 저희 아씨가 받으실 리 없습니다."

"오늘 있었던 일에 대해 미안하다고 사과하는 글이라네. 부탁하네."

"이러시면 아니 되는데……."

순이네가 서서 발을 동동 굴렸다. 규식이 묵묵히 기다렸다. 결국 순이네가 어쩔 수 없다는 듯 그것을 받아들었다.

"기대는 하지 마십시오. 분명 돌려보내실 것인데, 되련님이 하도 부탁을 하시니……."

"고맙네. 정말 고맙네."

규식이 몇 번이나 고맙다고 감사를 표한 뒤 대문을 나섰다.

대문이 닫힌 뒤 제 손에 들린 연서에 기쁨을 감추지 못한 순이네가 자리에서 펄쩍 뛰어올랐다. 헤 벌어진 입을 소매로 감추며 뛸 듯이 걸어 안채로 향했다.

계획대로 규식의 서한은 두 번 돌려보냈다.

세 번째로 서한이 도착하자 덕이는 못이기는 척 그것을 받았다.

서한의 내용이 궁금한 이들이 모두 별당에 모였다. 기대어린 시선을 한 몸에 받으며 덕이가 봉투 안에 든 종이를 꺼내 방 가운데 펼쳤다.

　규식의 서한은 모두 한문으로 적혀 있었다. 형수가 재빨리 내용을 훑었다.

　"뭐라 적혀 있습니까?"

　"그냥 안부다. 자기소개와 네가 괜찮으냐는 물음 정도다."

　"좀 자세히 말씀해 보셔요."

　"그게 다래도 그런다. 자신의 이름과 누구이며 혼례날 만난 사람이라는 것 그리고 궐 후원에서 갑자기 쓰러지는 바람에 무례를 범해서 미안하다, 몸은 괜찮은지 걱정된다, 이 정도다. 그리고……."

　"그리구요?"

　덕이의 얼굴은 기대감으로 가득 차 있었으나 대신 읽어주는 형수의 표정은 시큰둥하여 영판 대조적이었다.

　"시가 한 수 끝에 적혀 있구나."

　"무어라 적혀 있습니까?"

　형수가 뚫어져라 바라보다 헛기침을 하며 시를 읽기 시작했다.

　　也羞行路護輕紗 淸夜微雲露月華

　　約束蜂腰纖一掬 羅裙新剪石榴花

　"야수행로호경사, 청야미운로월화, 약속봉요섬일국, 나군신전석

류화.”

“그게 무슨 뜻입니까?”

“여인의 아름다움을 찬양한 시다.”

형수가 머뭇거리며 대답을 망설이는 사이, 뒤에 물러나 앉아 있던 부부인이 함박웃음을 지으며 꿈꾸듯 말했다.

“그 시를 임에게 받으면 얼마나 좋을까, 젊은 시절 꿈꾸듯 상상하며 외곤 했었지. 혹시나 내게 적어주시면 알아보려고 말이다.”

“어떤 시입니까?”

“조휘라는 이가 길 가는 여인에게 한눈에 반해 흰 부채에 적어준 시란다. 길 가는 것 수줍어 깃으로 얼굴 가리어, 청야에 구름 헤치고 월화를 드러냈네. 허리는 꿀벌 닮아 가늘기가 한줌인데, 비단치마에 석류꽃 수놓았네. 최대관이 네게 단단히 반한 모양이다.”

부부인이 해준 뜻풀이에 덕이의 얼굴이 발갛게 달아올랐다. 사내가 예뻐서 좋아한다는데 기분이 나쁠 계집이 어디 있겠는가. 덕이는 그 순수한 찬양이 마음에 들어 기뻐했으나 그 꼴을 보는 형수의 속은 뒤틀렸다. 얼굴도 제대로 보지 못한 사내가 예쁘다 한 것이 무에 그리 좋으냐 싶어 배알이 꼬였다.

얼굴이 굳어진 형수가 새 종이를 펼치고 붓을 잡았다.

“뭐라 답하겠느냐?”

한문을 아직 쓰지 못하는 덕이를 대신해 형수가 대필해주기로 했던 것이다. 잠시 덕이가 생각에 잠겼다.

“양반이라도 여인이 언문을 쓰는 것이 흠이 아니라면서요?”

"그렇긴 하지."

"그럼 제가 직접 답하겠습니다."

예상치 못한 답이었다. 형수의 이마에 긴 주름이 하나 늘어졌다.

"생각해보니 그게 예의일 듯합니다."

"그래, 당연히 그리해야지."

부부인이 덕이를 두둔하고 나서자 형수가 뭐라 따지고 들 여지가 없었다.

"네 맘대로 하여라."

떨떠름한 표정으로 붓을 내려놓은 뒤 뒤로 물러나 앉았다. 덕이의 말은 이치에 맞았으나 형수의 심정은 삐거덕거렸다. 제 속에서 무엇인가가 어긋나고 있었다.

덕이가 흰 종이 앞에 앉았다. 잠시 머뭇거리다 결심한 듯 붓을 들어 천천히 글을 써 내려갔다. 무엇을 적는지 궁금한 부부인이 덕이 곁으로 다가갔다. 글을 다 쓴 덕이가 붓을 내려놓았다.

화려한 규방에서 아침잠 깨어나

주렴 걷고 바라보니 마당 가득 꽃이 피었군요

봄바람도 내 마음 알아

이웃집으로 꽃잎 떨어지게 하고 있어요

성호 이익의 〈대인걸화(代人乞花)〉였다.

부부인이 시를 읽은 뒤 기특해했다.

"맞춤이구나. 아주 잘 골랐어."

"그렇습니까?"

"그래, 은근하면서 예의에도 어긋나지 않아 정숙하니 좋은 시다."

덕이는 암말도 안 하고 있는 형수의 눈치를 슬쩍 살폈다. 덕이가
바라는 것은 형수의 칭찬이었다. 허나 기대와 달리 형수는 부처님
같은 얼굴로 입을 꾹 다물고 있을 뿐이었다. 형수의 표정이 좋지 않
자 덕이는 금세 불안해졌다.

"별로입니까?"

"이미 네가 고른 것을…… 내가 뭐라 하겠느냐."

퉁명스럽게 일갈한 뒤 자리에서 일어난 형수가 밖으로 나갔다. 문
이 닫히자 이내 덕이의 어깨가 축 늘어졌다. 요 며칠 계속 자신에게
쌀쌀맞게 굴었다. 도대체 왜 그러는 것인지 알 수 없어 덕이는 속이
상했다. 일이 잘 되어간다고 다들 그러는데 그는 지나가는 말로도
칭찬하는 일이 없었다.

"신경 쓰이느냐?"

"네? 네……. 왜 저러시나 모르겠습니다."

덕이가 기운 없이 대답했다. 장마철 습기 찬 빨래처럼 매가리가
하나도 없었다. 부부인의 얼굴에도 그늘이 드리워졌다.

처음엔 형수와 덕이의 아옹다옹하는 모습이 귀여웠다. 미묘한 감
정이 오가는 투닥거림과 아직 스스로의 감정을 알아채지 못할 때
나오는 어설픈 행동들을 보면 젊은 날의 자신이 떠올라 추억에 젖곤
했다. 과거를 들여다보는 기분으로 둘을 보았다. 허나 그 사이에 규

식이 끼고 점차 일이 진행되기 시작하면서 부부인은 세 사람의 관계가 걱정되기 시작했다.

산을 위해 시작한 일이라 뒤로 물러나 있으며 애써 모른 척하려 했다. 그러나 눈앞에 보이는 세 사람의 인생이 달린 일에 마냥 무심해지기는 어려웠다. 살뜰한 덕이에게 정이 들어버린 까닭에 부부인은 돌아가는 일의 판도가 염려스러워 잠을 설칠 정도였다.

나이 많은 사람의 눈에는 다 보이는 이 감정놀음을 그저 모른 척해야 할지 아니면 뭐라 언질을 줘야 할지 아직 판단이 서지 않았다. 무엇보다 어떤 행동이 산에게 도움이 될지 알 수 없어 결단을 내리지 못하고 있었다. 기운 없이 봉투에 서한을 넣는 덕이를 보며 부부인의 근심이 깊어갔다.

심부름을 마치고 돌아오는 돌이의 표정이 환했다.

세 번째 만에 겨우 연서를 받아준 것처럼, 답장 역시 세 번을 독촉해서야 겨우 받을 수 있었다. 두 번을 거절당한 뒤 세 번째 이르러서는 안 주면 안 가겠다 대문 앞에 대자로 누워서 온몸으로 투정을 부리며 뻗댔다. 자칫했다가는 동네망신을 당할 판이었다. 상황이 그쯤 되어서야 돌이의 손에 흰 봉투가 쥐어졌다. 봉투를 보는 순간 그동안의 고생이 생각나 돌이는 눈물이 찔끔 날 지경이었다.

"작은마님! 작은마님!"

대문에 들어서면서부터 돌이가 팔을 붕붕 흔들며 작은 사랑채로 달려갔다.

초조하게 마루를 서성이던 규식이 버선발로 뛰어내려와 돌이의 손에서 봉투를 빼앗듯 낚아챘다.

다급하게 서한을 열어보려다 급한 마음을 먼전 다스리려 눈을 감고 천천히 심호흡을 했다. 정신을 차린 침착한 얼굴로 돌이에게 잘했다 칭찬해준 후 규식이 안으로 들어갔다.

자리에 반듯이 앉아 자세를 바르게 하고 나서야 봉투를 열어 서한을 꺼냈다.

서한에는 시 한 수가 정갈하게 적혀 있었다. 성호 이익의 시구를 한눈에 훑는 동안 규식의 얼굴에 미소가 어렸다. 걱정과 달리 나쁜 내용이 아니었다. 다시는 이런 짓을 하지 말라, 호통을 치면 어쩌나 잠도 제대로 자지 못하며 걱정했으나 예상과 달리 적혀 있는 시는 은밀한 여인의 속내가 드러나는 것이었다.

규식은 기쁜 얼굴로 시를 읽고 또 읽었다. 단정한 글씨체가 꼭 그 성품과 닮았다는 생각이 들었다. 꿈길을 걷는 표정으로 서한을 더듬었다. 손끝으로 글자를 한자 한자 매만지며 한참을 감상에 젖어 있던 규식이 답장을 쓰기 위해 서둘러 새 종이를 꺼냈다.

붓을 들어 한자씩 정성들여 한문을 적기 시작했다. 그러나 시 한 수를 다 적기도 전에 이내 고개를 저으며 종이를 구겼다. 서한이 언문으로 왔다. 그 서한에 대한 답장을 한문으로 써서 보내고 싶지 않았다. 평소에는 절대 쓰지 않는 언문이었으나 홍소저가 그런 것처럼 자신 역시 언문으로 답을 하고 싶었다. 홍소저가 저를 낯설게 느낄 만한 사소한 차이도 없기를 바랐다. 조금의 어긋남도 없이 그이에게 꼭 맞는 상대이고 싶었다.

규식이 새 종이를 꺼낸 뒤 심호흡했다. 그리고 천천히 언문을 써 내려갔다. 그러나 얼마 지나지 않아 못마땅한 표정으로 또 다시 종이를 구겼다. 처음 쓰는 것이라 그런지 글씨체가 엉망이었다. 아무래도 글씨 연습을 좀 해야 할 성싶었다.

오늘이 가기 전에 답장을 보내고 싶은 욕심에 규식의 마음이 초조해졌다. 단정하게 앉아 글씨 연습을 시작했다.

밥 먹는 것조차 잊은 채 노력한 끝에, 날이 어두워지기 직전에야 규식은 비로소 언문으로 시 한 수를 반듯하게 적을 수 있었다.

꿈속에 별들을 디디고 갔었네
저 상제님 계신 하늘 대궐로
붉은 구름은 아홉 겹 하늘을 뒤덮고
선녀들은 안개 속에서 속삭였지
뭇 신선들 예주경을 받들고 있는데
별을 쓰고 달을 찬 이 셀 수 없었네

이제 고작 한 통의 연서가 오갔을 뿐인데 벌써부터 노골적으로 제 속내를 다 말하고 싶지 않았다. 그것은 예의가 아니었다. 귀한 사람인만큼 소중하게 아껴주고 싶었다. 그래서 규식은 천상의 세상을 노래한 김만중의 시로 제 마음을 에둘러 표현했다.

홍소저가 제발 자신의 이 우회하여 보여주는 심경을 알아주기를 바랄 뿐이었다.

종이가 마르자 곱게 접어 봉투에 넣은 규식이 다급하게 돌이를 불렀다.

사랑채 앞에 불려온 돌이는 규식의 손에 새 봉투가 들려있는 것을 보자 사색이 되어 손을 내저었다.

"다신 안 받아주신다고 하셨습니다요. 작은마님, 쇤네 거기 또 가면 소금으로 염장 당할지도 모릅니다요."

여자들만 잔뜩 있는 집에 사내가 심부름을 왔다고 괄시를 당했다며 돌이가 난처한 얼굴을 했다. 그러거나 말거나 규식은 엄한 표정으로 봉투를 내밀며 돌이를 재촉했다. 결국 봉투를 건네받은 돌이가 기운 없이 문을 나섰다.

대체 이 서한을 건네주기 위해선 제가 또 얼마나 떼를 써야 할지 생각만 해도 앞이 캄캄했다.

"법도를 따지는 아기씨라 그런 것이니라. 그 옛날 인현왕후께서도 숙종대왕의 서한을 두 번 거절한 뒤에야 세 번째 겨우 받으셨다. 그게 예의니 싫다 소리 말고 다녀오너라."

나름 위로라고 규식이 건넨 말이지만 그것이 돌이에게 위로가 될 리 만무했다. 그거야 양반네들의 예의겠지요, 차마 입 밖으로 내뱉을 수 없는 말을 속으로 꿍얼거리며 돌이가 불만스러운 얼굴로 털레털레 걸음을 옮겼다.

꽃

　규식의 손에 두 번째 답장이 들어온 것은 사흘 뒤였다. 돌이의 입
은 잔뜩 튀어나왔으나 두 번째 답장을 받은 규식의 얼굴은 첫 번째
보다 더 기대에 차 있었다.
　떨리는 가슴으로 서한을 펼쳐 적힌 글귀를 보자마자 기쁜 듯 소리
내어 웃었다.

　　깊은 밤의 방황 누구와 함께하리
　　여기 누대에 올라 북극성을 바라본다
　　하늘로 오를 수 없어 몸은 속세에 머물고
　　하늘에 외치려 해도 하늘은 듣지 못하네
　　남으로 나는 까막까치 서로 흐르는 은하수
　　견우와 직녀야, 너희들을 어이하랴

　규식이 고른 것과 같은 김만중의 시였다. 자신이 보낸 시와 꼭 어
울리는 답시에 그의 마음이 좀 전보다 더 빠르게 뛰기 시작했다.
　어찌 이런 여인이 제 앞에 나타났을까. 손으로 조심스럽게 글자를
더듬는 그의 표정이 꿈꾸듯 아득해졌다. 부부의 연이 무엇인지 잘
모른다. 부인에게는 그저 법도와 도리로 예의를 다했을 뿐이다. 기
생집에 드나드는 성품도 아니었고, 길 가다 여인에게 시선을 빼앗겨

본 적도 없었다. 계집질을 하는 사내를 한심하게 여겼다. 시조에 나오는 구구절절한 감정은 다소 과장된 것이라 생각했다. 좋은 여인 같은 걸 상상해본 적도 없었고, 어떤 여인을 이상형으로 그려본 적도 없었다. 그저 제 부모님에게 잘하고 아이나 잘 키우면 그만이지, 라고 생각했다. 규식에게 여자는 딱 그 정도였다.

그러나 홍소저는 달랐다. 처음 볼 때부터 시선을 빼앗겼다. 그것이 일시적인 휩쓸림이 아닐까 의심했으나 다음 날 그녀가 제 품안에 쓰러지는 순간 확신했다. 이 여인이 이대로 제 앞에서 사라지면 일생 동안 자신은 이 여인만을 그리워할 것이란 걸 말이다.

구구절절 사랑에 대해 노래한 시구들이 비로소 이해가 갔다. 청승이라고, 지나친 감정의 과잉이라고 싫어했던 그 노래들이 이제 보니 어찌나 제 마음을 그대로 옮고 있는지 신기할 정도였다. 이러면 안 된다 생각하면서도 서책을 보는 때보다 시를 들여다보고 있는 시간이 길어졌다. 자신도 모르는 사이 정신을 차려보면 그녀를 생각하다 멍하니 넋을 놓고 있었다.

홍소저 같은 여인을 안채에 둔다면 얼마나 행복할까, 생각만 해도 황홀해졌다. 손을 맞잡은 채 늙어가고 싶은 여인이었다. 제 생애에 다시없을 여인이었다. 놓칠 수 없었다. 절대로 놓치고 싶지 않았다.

새 서한을 쓴 규식이 돌이를 불렀다. 돌이는 모든 것을 다 포기한 표정으로 봉투를 받았다.

부부인 댁으로 가는 돌이의 발걸음이 무척 무거웠다. 이제 또 가면 얼마나 홀대를 받을지 생각만 해도 아득했다. 드러누워도 보고 죽겠다고 나무에 올라도 가보았다. 이번엔 대체 또 무슨 짓을 해야 이 편지를 전해줄 수 있단 말인가, 가슴이 답답해 미치고 팔짝 뛸 지경이었다.

부부인 댁 앞에 선 돌이가 다 죽어가는 사람마냥 끙끙 앓는 소리를 냈다. 요 며칠 어찌나 문턱이 닳도록 드나들었던지 이젠 이 집이 제 집 같을 지경이었다. 막 사람을 부르려던 돌이가 대문이 살짝 열려 있는 것을 발견했다. 주변을 둘러보고는 재빨리 대문 안으로 들어갔다.

지금까지 말 그대로 문전박대를 당하느라 길 가는 사람들 앞에서 개망신을 당했다. 오늘은 다행히도 집 안으로 들어왔으니, 서한을 안 받아주면 멍석말이를 당하는 한이 있어도 여기서 안 나가겠다 우기기로 결심했다.

돌이가 조심스럽게 주위를 살피며 안으로 들어갔다. 양반네들 집 구조야 다 비슷비슷하니 별채가 가장 안쪽에 있을 게 뻔했다. 들키지 않게 조심하며 안쪽으로 발을 옮겼다. 예상대로 예쁘게 꾸며진 후원 한가운데 선녀 같은 한 여인이 꽃을 보며 서 있었다. 돌이가 후다닥 그 여인 앞으로 달려가 무릎을 꿇고 엎드렸다.

"아기씨, 안녕하십니까요. 여태껏 최대관 나리 댁에서 서신 전달을 하러 이 집에 하루에도 몇 번씩 왔던 돌이라고 합니다요."

멈칫하며 뒤로 물러서는 아기씨의 치맛자락 끝을 손으로 조심스럽게 붙든 돌이가 이마를 땅에 박으며 제 소개를 했다.

"오늘 아기씨가 주신 서한을 우리 작은마님께 가져다 드렸더니 또 이리 답을 주셨습니다요. 제발, 제발 받아주십시오. 제발요."

돌이가 울먹이며 빌고 있을 때 계집종들의 찢어지는 고함소리가 들려왔다.

"이 미친놈! 이놈이 감히 어디라고 여기를 들어온 게야."

"저 저 저, 경을 칠 놈!"

조만간 끌려 나갈지도 모른다는 불길한 예감에 돌이가 눈물이 그렁그렁한 얼굴로 아씨의 발아래 매달렸다.

"놔두게."

커다란 비를 들고 돌이를 패러 달려오는 이들을 아기씨가 고개를 저으며 제지했다. 돌이가 감격했다.

"이 사람이 무슨 잘못이 있겠나. 제 상전 심부름을 하는 것일 뿐인데. 그냥 가면 제 상전에게 지은 죄가 없음에도 불구하고 치도곤을 당할 테지. 그러니 이리 내게 매달리는 것 아니겠나."

"허나, 아기씨."

"그냥 두라 하질 않는가."

고개를 저어 제게 오는 이들을 아기씨가 물러가게 했다. 돌이의 눈에는 안 그래도 고운 아기씨가 선녀가 하강한 것처럼 느껴져 눈이 부실 지경이었다.

"돌이라고 했느냐?"

"네, 네. 네, 아기씨."

"서한을 이리 주고 가거라. 답은 내가 따로 보낼 것이니 받으러 오지 않아도 된다."

"차, 차, 참말입니까요?"

"그래. 그동안 네가 오가느라 고생 많았겠구나."

"아니, 아닙니다요. 아닙니다요."

"미안하다. 내 입장만 따지느라 고생하는 너를 헤아리지 못하였구나."

"고맙습니다요. 참으로 고맙습니다요."

두 손을 이마 앞에 모은 돌이가 몇 번이고 절을 하며 울먹였다. 이리 선녀 같은 아기씨가 세상에 있다니 감격스러울 따름이었다. 이리 고운 아기씨이니 여러 번 저를 보낸 모양이다, 상전의 애달픈 마음이 비로소 이해가 갔다. 이 아씨와 연서를 주고받는 제 상전이 부럽기까지 했다.

"어서 썩 꺼지지 못하겠느냐!"

순이네의 호통에 절을 넙죽넙죽 하던 돌이가 그제야 정신을 차리고 자리에서 일어섰다. 나가면서도 몇 번이나 고맙다며 자리에 멈춰서 절을 하고 또 했다. 대문을 나서자마자 얼마나 신이 났는지 두 발이 보이지 않을 정도로 달음질치기 시작했다.

돌이가 완전히 사라지고 난 뒤 별당에 모여 있던 이들이 모두 웃음을 터뜨렸다.

"표정 보셨습니까? 감격해서 눈에 눈물이 그렁그렁하더이다."

"아마 집에 돌아가면 제 상전에게 아씨 칭찬이 늘어질 것입니다."

"제 상전에게만 하겠습니까. 분명 좌의정 대감의 귀에도 들어갈 테지요."

"아씨는 어찌 이런 생각을 다 하셨습니까? 기가 막힙니다."

앞 다투어 모두가 덕이를 칭찬했으나 막상 그녀는 조금도 기쁘지 않았다. 눈물이 그렁그렁한 돌이의 얼굴을 보는 순간 덕이는 불과 몇 달 전 제 처지가 떠올랐던 것이다. 그리고 그동안 돌이가 당했을 치도곤이 짐작이 가 진심으로 안쓰러웠다. 자신이 짜낸 계획이었으나 이로 인해서 규식이 받을 감동보다 앞으로 돌이가 더 고생하지 않아도 된다는 생각에 기뻤다.

이러니 아무리 애를 써도 출신은 바꿀 수 없는 모양이었다. 양반들의 이 잘난 법도보다 고생하는 노비들의 모습이 더 눈에 박히는 것을 보면 말이다. 왜인지 모를 설움이 덕이의 속에서 북받쳤다.

그날 이후 덕이는 돌이에게 말한 대로 약속을 지켰다.

답장은 직접 제 아랫사람을 시켜 보냈고, 규식이 보내는 서한 역시 한 번에 받았다.

모두의 예상대로 감격한 돌이는 규식 앞에서 늘어지게 덕이 칭찬을 했고 그것은 규식을 더 기쁘게 했다.

주고받는 서한이 쌓여갈수록 그의 마음은 깊어졌다. 하루라도 빨리 혼인이 하고 싶어 규식은 매일매일 제 아버지의 눈치를 살피기 바빴다.

만섭은 모든 것을 알면서도 모른 척했다. 아직 내향에 보낸 이가 올라오지 않았기 때문이었다.

내향에 보낸 이가 드디어 돌아왔다는 소식을 들었을 때 규식은 앞뒤 가리지 않고 당장 만섭의 사랑채로 달려갔다. 부를 때까지 기다려야 한다, 머리로는 생각했으나 이미 제 몸은 마음과는 달리 먼저 움직이고 있었다.

초조하게 사랑채 앞을 서성이는 제 아들을 만섭이 한심해했다.

"들어오거라."

내향에서 올라온 이를 내보낸 뒤 만섭이 규식을 불렀다.

규식이 서둘러 안에 들어가 아비 앞에 단정히 앉았다. 번개가 쳐도 눈 하나 깜짝 안 하던 아들이었다. 어려서부터 대범하고 속이 깊어 큰 인물이 될 거란 칭찬을 듣곤 하던 집안의 기둥이었다. 그 아들이 고작 계집 때문에 두 눈 가득 초조한 기색을 띠고 어쩔 줄 몰라하고 있었다. 황당함을 숨기지 못한 만섭이 물끄러미 규식을 보았다.

"내향에서 온 소식이 궁금한 게냐?"

"네."

"외곬수인 네가 이리 기울었으니 내향에서 무슨 소식이 오든 네 뜻대로 행해야 하지 않겠느냐. 그 소식을 궁금해 할 필요가 무에 있느냐?"

속내를 떠보듯 만섭이 말을 꺼내자 그의 표정이 하얗게 질렸다.

"안 좋은 소식이옵니까?"

어린 나이에 내자의 병수발을 들다 끝내 초상까지 치러야 했던 아들이 아비로서 언제나 안쓰러웠다. 그것이 모두 제 욕심 때문에 벌어진 일 같아 늘 미안했다. 그래서 이번만큼은 제 아들이 좋아하는 여인과 맺어주자고 다짐했다. 헌데 아무리 마음을 다잡아도 이상하게 안 내키는 마음을 어쩔 수가 없었다. 이리저리 속이 시끄러운 만섭이 말없이 한참 동안 각죽만 빨았다. 방안에 흰 연기가 자욱해지고 나서야 각죽에서 입을 뗐다.

"내향에서 평판이 좋은 집이더구나. 재산도 넉넉하고 가풍도 훌륭하다고 한다."

그 말을 듣고서야 규식의 표정이 순식간에 환해졌다.

만섭이 각죽을 비웠다. 탕탕 각죽 치는 소리와 함께 그의 말소리가 섞여 들어갔다. 흘리듯 말을 이었다.

"헌데 나는 이상하게 그쪽이 맘에 들지 않는구나."

"어찌 그러십니까."

"글쎄다. 그냥 그렇다. 헌데……."

불안해하는 아들의 시선을 외면하며 만섭이 각죽을 채우고, 다시 불을 붙였다. 타닥거리며 불이 붙은 뒤에 스멀스멀 위로 솟는 흰 연기가 그의 걱정스런 속내를 보여주는 한숨 같았다.

"내 마음이 내켜한 네 첫 번째 연이 빨리 끝났으니 이번엔 네 마음을 따라주고 싶다. 네 뜻대로 하거라."

한탄 섞인 허락의 말이었으나 규식의 입은 기쁨으로 활짝 벌어졌다. 오랜만에 환하게 펴진 아들의 얼굴을 보자 만섭은 만감이 교차했다. 길게 담배 연기를 내뿜었다. 이래서 사주팔자에 사내에겐 아들이 관성인 모양이다. 천하의 최만섭도 아들 앞에선 이리 약해지니 말이다.

"감사합니다. 감사합니다, 아버지."

"곧 사주단자를 보내마."

뛸 듯이 기뻐하는 규식을 보며 만섭은 제 마음이 내키지 않는 이 자리가 아들에게는 좋은 자리이기를 바라고 바랐다.

규식에게서 비녀가 도착하자 부부인의 집도 기쁨으로 가득 찼다. 사내에게서 비녀가 왔다는 것은 청혼과 진배없었다. 화려한 비녀를 보며 모두가 앞 다투어 덕이에게 덕담을 건넸다. 기뻐하는 이들을 보던 형수가 조용히 그 자리를 물러나와 옥루각으로 향했다.

옥루각 후원에 홀로 앉은 형수가 술잔을 기울이자 어느새 월향이 다가와 그 옆에 앉았다.

"오늘 최대관이 비녀를 보내왔다고 들었다."

"네, 혼인하자는 뜻이지요."

허허, 웃는 아들의 얼굴이 쓸쓸해 보였다. 월향이 형수의 빈 잔에 술을 따랐다.

"일이 잘 풀리는데 어이해서 혼자 술타령이더냐?"

"이 일을 하느라 한동안 술을 먹지 못하여 오랜만에 한잔하고 싶은데 술친구인 동세가 없으니 혼자 마실 수밖에요."

"네 마음이 심란해서 이러는 것은 아니냐?"

월향이 꼬집듯 하는 말에 형수가 허허롭게 웃으며 술잔을 비웠다.

"그러게요. 오라비, 오라비 했더니 진짜 오라비라도 된 양 잠시 착각했나 봅니다. 여동생을 시집보내는 것처럼 섭섭합니다."

"여동생이더냐?"

잔에 술을 따르던 형수가 동작을 멈췄다. 찰랑거리던 잔이 넘치며 술이 바닥으로 넘치고 말았다.

"정녕 여동생일 뿐이더냐?"

월향이 재촉하듯 물었다. 술병을 내려놓는 형수의 손길에서 신경질이 잔뜩 묻어났다.

"아니면요? 여동생이 아니면 어쩌시렵니까?"

"형수야."

"왜요. 또 어머니와 대감마님의 이야기를 하시며 제게 마음 가는 대로 살아보라 하시고 싶으십니까? 그리 살았으면 행복했을 거라 말씀하고 싶으십니까. 아니요, 저는 싫습니다. 왜 그리해야 합니까? 마음 가는대로 했다 한들 어머니와 그분이 무에 그리 좋았겠습니까? 기껏해야 기생첩년이었을 거고 저는 기생첩의 아들일 뿐이었을 텐데요. 지금과 뭐 그리 다른 결과란 말입니까?"

형수가 따지듯 고함을 내질렀다. 잠시 대꾸할 말을 잊은 월향이 머뭇거렸다. 형수가 거칠게 술잔을 들이켰다.

옥루각으로 돌아온 후 도통 마음을 잡지 못하는 형수를 앉혀놓고 월향은 형수에게 자신과 치영의 이야기를 했었다. 단 한 번도, 누구에게도 해본 적 없는 이야기를 처음으로 형수에게 털어놓았더랬다.

치영과 월향의 첫 인연은 청나라 사신의 접대자리였다. 젊은 시절 상기로 유명했던 월향의 춤사위는 사신마저 손을 떨게 할 정도였다. 월향의 춤은 그 자리에 있는 모든 사내를 홀렸으나 단 한 사람, 치영만은 예외였다. 치영은 월향이 춤을 추는 내내 시선을 아래로 비스듬히 내린 채 끝까지 보지 않았다.

머리를 올리기 전부터 조선 팔도를 들썩이게 만든 자신에게 눈길한 번 주지 않는 치영이 얄미웠다. 그래서 월향은 상을 내려주겠다는 사신에게 치영을 달라 청했다. 치영에게 머리를 올리겠다고 월향이 선언한 것이었다.

그날 밤, 모두의 관심 속에서 옥루각에 치영과 월향의 잠자리가 마련되었다. 모두가 그날부터 치영이 월향의 치마폭에 빠졌다고 알고 있다. 천하의 강치영도 월향의 유혹 앞에선 속절없이 꺾이고 말았다고 수군거렸다. 하지만 아니었다.

첫날밤, 치영은 월향을 안지 않았다. 그리 여자를 대하는 것은 대장부가 아니라 했다. 치영은 월향이 싫어서가 아니라, 그런 행동을 하는 자신을 용서할 수 없다고 했다. 그냥 하는 말이 아닌가 싶어 첫

날밤에 소박을 맞으면 기생으로서는 끝이니, 머리는 올리겠다고 월향이 은근히 치영을 떠보았다. 치영은 흔쾌히 그러라 했다.

자신의 평판이 중요한 게 아니라 스스로에게 부끄럽지 않은 게 더 중요하다는 치영의 말을 듣는 순간 월향은 진정으로 마음을 빼앗기고 말았다. 첫날밤, 잠자리에 드는 대신 치영은 월향에게 시 쓰는 법을 가르쳐주었다.

수없이 많은 사내들을 보았다. 자신을 품고 싶어 하면서도 동시에 마음속으로는 기생이라 은근히 업신여기는 사내들을 농락하는 게 월향의 유희였다. 그러나 치영은 월향을 월향으로 봐주었다. 월향을 기생으로 보길 거부한 유일한 사내였다.

치영이 월향에게 시를 가르친 그날부터 두 사람은 오라비와 여동생으로서 만나기 시작했다. 치영은 그녀에게 시를 가르쳐주었고 월향은 그에게 당시 배우기 시작했던 거문고 소리를 들려주었다. 강치영이 월향에게 푹 빠졌다고 장안이 들썩였지만, 치영은 자신이 아니면 그뿐이라며 소문에 긍정도 부정도 하지 않았다.

오랜 시간 두 사람은 꼭 오누이처럼 지냈다. 그러나 그 평화는 시전의 대행수가 월향을 사겠다고 나서면서 산산조각 났다.

팔려 가고 싶지 않은 월향은 치영에게 도움을 청했고, 차마 부탁을 거절하지 못한 그는 거금을 들여 월향을 대신 샀다. 그날 밤, 월향은 동정은 싫다며 차라리 여인으로 안아 달라 울며 매달렸다. 그 단 하루, 그가 월향을 안은 그 밤에 형수가 들어섰다.

그 밤 이후 치영은 두 번 다시 옥루각에 걸음하지 않았고 월향 또

한 찾아달라 서찰 하나 보내지 않았다. 월향은 그의 마음을 짐작할 수 있었다. 쓸데없이 대쪽 같은 그 사내는 아마도 스스로에게 부끄럽고 월향에게도 면목이 없는데다 그리 생겨버린 형수에게 미안해 어쩔 줄 몰라 하고 있을 것이다. 그래서 차마 다시 그녀에게 오지 못하는 것이다. 누구보다 그런 치영의 속내를 잘 알고 있었다. 그러나 월향은 자신의 자존심을 먼저 굽히고 싶지도 않았다.

형수를 낳고 삼 년이 지난 뒤 치영에게서 형수를 보내라는 서찰이 도착했다. 월향은 두 번 묻지도 않고 형수를 보냈다. 다들 아이까지 낳은 그녀를 퇴기라 손가락질했으나 피나는 노력 끝에 금기로 거듭났고 끝내 옥루각의 행수 자리까지 올랐다.

시간이 흘러 성인이 된 형수가 다시 자신에게 돌아오고 며칠이 지난 뒤 치영에게서 서찰이 하나 도착했다. 형수에 대한 당부가 적혀 있을 줄 알았으나, 그 안에는 시 한 수만 적혀 있을 뿐이었다. 젊어 어리석은 믿음과 치기에 정녕 사랑하는 이를 놓쳐버린 것을 후회하는 내용이었다.

그것을 받고 월향은 아주 오랫동안 울었다. 시선을 신경 쓰고 법도를 따지고 자존심을 앞세우느라 제 마음에 솔직하지 못했던 것에 대한 비통한 후회로 가슴을 쳤다. 사랑한다, 말 한마디 해보지 못한 것이 너무나 억울했다.

자신들의 이야기를 털어놓으며 월향은 형수에게 사랑해서 낳은 귀한 아이가 너이니 법도나 사람들의 시선 같은 건 신경 쓰지 말고 집착하지도 말고 그저 편하게 네 마음 가는 대로 살라고 했다. 월향은 자신의 이야기로 형수의 들뜬 마음을 잡으려 했다. 그러나 두 사람의 연애사는 조금도 형수의 마음을 흔들지 못했다.

월향의 안쓰러운 시선이 어루만지듯 형수를 더듬었다.

"덕이를 보낼 수 있겠느냐?"

술을 연거푸 따르던 형수의 손이 잠시 움찔했으나, 이번엔 아무 실수 없이 적당히 채운 뒤 술병을 내려놓았다.

"못 보낼 것이 무어란 말입니까. 덕이가 가서 잘 사는 게 그 아이에게도 제게도 좋은 일 아니겠습니까."

월향은 한동안 말이 없었다. 형수가 다시 술병을 들었을 때 월향이 자연스레 그 술병을 가져가 제 앞에 놓은 잔을 채웠다. 그리고 아들의 잔에 술을 따라주었다.

"궁금하지 않느냐?"

"뭐가요?"

"내가 그 아이를 받아준 이유 말이다."

"제가 부탁했기 때문이 아닙니까."

월향이 웃으며 고개를 저었다.

"네가 아무리 부탁했어도 아닐 애였으면 하지 않았다. 네 이름뿐 아니라 내 이름 역시 걸린 일이지 않느냐."

"그럼 타고난 재색이 고와서였습니까?"

"아니다. 물론 타고난 재색이 나쁜 편은 아니었으나 그리 썩 미인도 아니지 않느냐."

"허면 무엇 때문이었습니까."

"성품 때문이었다."

"성품이요?"

"첫째로 그 아이는 스스로 시집을 가지 않겠다고 울 정도로 당차다. 노비로 태어나 일생 동안 주인이 시키는 대로만 한 아이가 할 수 있는 생각이 아니다. 지배당하는 자는 익숙해지면 자신이 지배받는다는 것 자체를 잊어버린 채 순응한다. 길들여진 개는 목줄이 없어도 담을 넘지 않는 것처럼 말이다. 헌데 저 아이는 노비로 태어나 자랐음에도 불구하고 담 밖의 세상을 꿈꿨다. 타고난 그릇이 노비로 머물 만한 아이가 아니었다. 그러니 가르치면 능히 요조숙녀도 되겠다 싶었지."

"둘째는요?"

"둘째로 저 아이는 네 앞에서 주눅 들지 않더구나. 네가 정경부인을 시켜주겠다 할 때 울며불며 대들었다. 양반네들은 말이다, 우습게도 집 안에서 숨죽인 채 얌전히 있는 계집을 원하지만 동시에 자신이 죽은 뒤 자결할 정도로 강단 있는 여인을 꿈꾼다. 우스운 일이지. 결코 공존하기 쉽지 않은 두 성품이 한 여인 안에 있기를 바라니, 얼마나 모순이더냐? 그런데 저 아이는 그것이 가능할 성싶었어. 제 생각과 다르다 말하며 네게 대거리하는 모습을 보니 잘 가르치면 어느 사내 앞에 내놓아도 결코 주눅 들거나 눈치 보지 않겠더구나. 그 정도 그릇이면 요조숙녀가 될 뿐만 아니라 어지간한 사내도 유혹할 수 있겠다 싶었지."

바람이 누각 위에 매달린 풍경을 흔들고 지나갔다.

"저 아이면, 목석같은 내 아들도 흔들리겠다…… 싶었지."

맑은 풍경 소리가 조용한 후원을 울렸다.

"저 아이면, 땅에 발붙이지 못하는 내 아들의 맘을 다잡아 제대로 살게 해주지 않을까 기대했다. 그래서 네 부탁을 들어준 것이다."

어둠 속에 스며드는 저 풍경소리처럼, 연정이 골골이 형수에게 스며들기를 바랐다. 혹시나 그렇다면 평범하게 살아줄까 하여.

"내가 생각을 잘못한 것인가 보구나."

소리 없이 자리에서 일어난 월향이 후원을 빠져나갔다. 바람에 흔들리는 그녀의 치맛자락을 보던 형수가 고개를 돌렸다. 무언지 모를 감정이 속에서 울컥해 자꾸만 눈시울이 뜨거워졌다.

세찬 바람에 풍경이 자꾸만 요동쳤다.

평소보다 많이 마신 것도 아닌데, 형수는 몸을 가누지 못할 정도로 흠뻑 취하고 말았다.

자고 내일 가라는 월향의 말을 뿌리치고 나선 형수가 몇 번이나 넘어질 뻔한 위기를 넘겨가며 부부인의 집에 도착했다.

늦게 들어오는 그를 배려한 탓인지 대문이 비스듬히 열려 있었다. 덕분에 형수는 누구를 깨우지 않고도 집 안으로 들어올 수 있었다.

사랑채로 향하는 중문을 넘어서는 순간 두 발이 꼬이면서 또 다시 몸의 균형을 잃고 비틀거렸다.

"어디서 이리 취하신 겝니까."

허리와 팔 아래 따뜻한 온기가 가득 차더니 형수의 몸을 붙잡아 체중을 제게 싣게 했다. 형수가 흐린 눈을 들어 제 몸을 붙든 이를 쳐다보았다. 덕이였다.

"이리로, 이리로 오셔요."

떨쳐내야 한다고 머리로는 생각했으나 술에 취해 힘을 쓸 수 없는 몸은 그것을 허락지 않았다. 결국 그녀에게 온몸을 기댄 채 겨우 걸어 사랑채에 도착했다. 미리 방을 데워둔 것인지 방안이 훈훈했다.

따뜻한 방안에 들어와 자리에 앉자, 찬바람에 잠깐 가라앉았던 술기운이 다시 되살아나 형수를 덮쳐왔다. 몸이 점점 아래로 내려가고 정신이 서서히 꺼져갔다.

"이것 좀, 이것 좀 드셔요."

눈꺼풀을 들 힘도 없다고 생각한 순간, 거꾸러져가던 몸이 제자리에 앉혀졌다. 양 팔 사이에 제 팔을 끼워 넣어 덕이가 그의 자세를 바로했다. 게슴츠레하게 눈을 뜨는 형수 앞에 덕이가 대접을 내밀었다.

형수가 눈을 느리게 끔뻑거리며 제 앞에 놓인 대접을 보았다. 노르스름한 색이 돌고 코끝에 달달한 향이 맴도는 것을 보니 꿀물인 듯했다.

몇 번의 헛손질 끝에 대접을 잡았다. 노심초사하며 덕이가 형수의 턱 아래 제 손을 받쳤다. 단숨에 차가운 꿀물을 들이키자 그제야 흐리멍덩하던 정신이 제자리를 찾는 듯했다.

빈 대접을 덕이에게 건넨 후 형수가 정신을 차리기 위해 몇 번이나 깊게 심호흡 했다. 마지막으로 긴 숨을 내쉰 형수가 고개를 들어 덕이를 보았다.

"날 기다렸던 것이냐?"

"네."

흐리던 두 눈이 제법 초점을 찾아 또렷해진 것을 보고 덕이가 안도했다. 형수가 자세를 바로하며 앉자 그녀 역시 뒤로 물러난 뒤 자세를 단정히 하고 앉았다.

"어인 일로 날 기다렸느냐?"

"오늘 비녀가 왔습니다."

"알고 있다."

"비녀는 혼인하기로 한 정혼자에게 주는 것이라 들었습니다."

"그렇지."

"그럼 저는 정녕 최대관과 혼인하는 것입니까?"

"무슨 그런 바보 같은 물음이 다 있느냐? 너는 지금까지 그 사내와 혼인하기 위해서 이리 노력한 것 아니었느냐? 이미 다 된 밥이 냄새를 풍기는데 그것을 맡으면서도 이 밥이 내 밥이 맞소, 묻는 것이냐?"

덕이가 쉬이 대답하지 못하고 머뭇거렸다. 술기운이 더해져 왈칵 짜증이 치솟았다. 제가 생각해도 곱지 못한 말이 형수의 입에서 쏟아졌다.

"요조숙녀를 만들어 양반가에 시집을 보내준다고 했고, 너 역시 그러고 싶다고 했다. 그래서 혼인을 시켜준다는데 대체 무엇이 불만인 것이야?"

"저는 요조숙녀가 아니지 않습니까? 그분은 저를 보고 있는 게 아니지 않습니까."

"그자를 속이는 게 미안해진 게냐? 그자의 마음을 염려할 정도로 좋아하는 것이냐?"

"그것이 아니오라……."

"그것이 아니면 네가 왜 그런 걱정을 하는 것이야? 애초부터 너는 속이기로 작정하고 시작한 일이었는데!"

화가 났다. 기껏 한다는 걱정이 그자가 속고 있는 것에 대한 안타까움이라는 게 기막혔다. 형수가 신경질적으로 자리에서 일어나 도포를 벗었다.

"피곤하다. 잘 것이니 나가거라."

"오라버니."

"나는 네 오라비가 아니다. 이런 자리에서조차 그리 부르는 것은 삼가라."

얼음처럼 차갑고 냉정한 말이었다. 그것은 일전에 화를 내던 것과는 또 달랐다. 가슴을 철렁 내려앉게 하는 말투와 목소리에 덕이는 눈물이 찔끔 나게 놀랐다.

"나가라고 하질 않느냐!"

형수의 버럭 하는 고함소리에 결국 떠밀리듯 밖으로 나왔다. 등 뒤로 문이 닫혔다.

순간 다리에 힘이 풀려 주르르 마루에 주저앉았다. 하고 싶은 말은 채 꺼내지도 못했는데 대체 왜 저리 화를 내는 건지 도무지 이해할 수 없었다. 누가 억지로 제 가슴을 내리누르는 것 처럼 갑갑했다.

비녀를 받는 순간, 기쁘기보단 덜컥 겁이 났다. 그 남자가 보고 있는 것은, 좋아하는 것은 진짜 덕이가 아니었다. 거짓으로 꾸민 홍소저일 뿐이었다. 그런데 그 남자는 그 꾸며진 홍소저를 너무나 진심으로 좋아했다. 그 남자를 속이는 것이 미안한 건 다음 문제였다. 덕이 앞에 닥친 가장 큰 고민은 가서 일생을 속이면서 살 자신이 없어졌다는 것이다. 그런 삶이 행복할 리 없다는 것을 이제야 알게 되었다. 너무 늦은 깨달음이었다.

형수에게 묻고 싶었다. 그리 살아도 도저히 행복하지 않을 것 같은데, 이제 어쩌면 좋겠느냐고 말이다. 지금처럼 자신이 위험할 때 어찌할 바를 모를 때 그때도 오라비의 자격으로 제 곁에 머물러줄 수 있느냐고, 만약 그래줄 수 없다면 이 일을 이제 그만 멈추면 안 되느냐고 물어보고 싶었다.

아니 실은 제발 멈춰달라고 부탁하고 싶었다. 이 모든 것을 떠나 모두를 만나지 못한 채 그 사내 하나만 바라보며 별당에서 살 자신이 없었다. 규식은 좋은 남자였으나 사랑할 수는 없는 남자였다. 당연했다. 규식이 바라보는 것은 덕이가 아니었으니 덕이가 그 남자에게 마음을 열 수 있을 리 만무했다.

제 모든 것을 알아주는 남자를 원했다. 아무리 하찮은 부분조차 예쁘다 해줄, 제 부족함마저 괜찮다고 말해줄 수 있는 사내에게 사

랑받고 싶었다. 사랑에 빠진 여인이라면 당연한 바람이, 이제야 덕
이의 마음속에서 솟아나고 있었다. 지금까지 있는 줄 몰랐던 감정이
뒤늦게 덕이의 모든 생각을 사로잡아 꼼짝달싹 못하게 했다. 저를
있는 그대로 봐주는 사내에게 가고 싶었다. 그리고 그 사내가 누구
인지 덕이는 어렴풋이 깨달아가고 있었다.

　비틀거리며 자리에서 일어난 덕이가 기운 없이 터덜터덜 걷기 시
작했다. 잠시 후 사랑채에 불이 꺼졌다. 어두워진 방을 보자 눈물이
날 것 같았다.

　이른 아침, 청혼 서신이 만섭으로부터 도착했다. 형수가 허혼 서
신을 써서 오후에 보냈다. 허혼 서신을 보내기 전 덕이는 어떻게든
제 고민을 형수와 의논하고 싶었으나 형수가 교묘히 덕이를 피해
다니는 바람에 맘먹은 대로 되질 않았다.

　이제 등 떠밀리듯이 덕이는 혼례 과정의 가운데 섰다. 그녀를 제
외한 모두가 바쁘게 움직이고 있었다. 끈 떨어진 연 같았다. 자신
을 이곳에 보내놓고서 이제 와서 등 돌리고 모른 척하는 형수가 야
속했다.

　납채 의식이 되기도 전이었으나 규식은 여러 사람을 통해 각종 폐
물을 보내왔다. 여러 번 거절하였으나 납폐는 부모님이 드리는 것
이고 이것은 제 마음이라며 끈질기게 권하는 바람에 결국 덕이는 그

것들을 내키지 않는 마음으로 받아야 했다.

기생들과 부부인, 순이네는 규식이 보내온 비단과 노리개를 보고 놀라 입을 딱 벌렸으나 덕이의 마음은 받은 물품들의 무게만큼이나 무거워지기만 할 뿐이었다.

늘 한적했던 부부인의 집이 참으로 오랜만에 들썩였다. 대문이 닫힐 새가 없었다. 형수가 조용히 그곳을 벗어났다. 아무래도 오라비는 이쯤에서 빠져줘야 할 성싶었다.

옥루각으로 간 형수가 사람을 시켜 국영에게 연통을 넣었다.

후원이 아닌 옥루각의 제 사랑채에서 형수는 국영을 맞이했다.

"이리 급하게 날 찾다니, 무슨 일이 생긴 겐가?"

"의논을 드릴 게 있어 여기서 뵙자고 했습니다."

"의논? 무엇을?"

"혼례 때문에 내향에 내려간다고 하며 저는 이만 부부인의 집에서 나올까 합니다."

"부부인의 집에서 나오겠다?"

"네, 이제 드나드는 사람이 많아질 터인데 제가 거기 있다 사람들 눈에 잘못 띄기라도 하면 큰일이지요. 매일같이 수염을 붙일 수도 없는 노릇이구요. 지금까지는 궐에 갈 때만 수염을 붙이고 보통 때는 접선으로 얼굴을 가린 채 다녔습니다만 계속 그리할 수는 없지 않겠습니까. 어르신들께 말씀을 드리려 내향에 내려갔다 하고 이만 빠지는 게 좋을 듯합니다.”

“허면 덕이 혼자서 모두 감당해야 하는데, 그 아이가 능히 해낼 수 있겠는가?”

“부부인께서 계시지 않습니까. 어차피 지금부터 일어나는 일이야 예법만 따르면 되는 일이니 제가 없어도 별일 없을 것입니다.”

“그런가……”

“걱정되는 것은 이제 납채가 오가면 내향으로 좌의정이 사람을 보낼 터인데 그 일은 어찌할지…….”

“그건 저하께서 생각해두신 게 있다더군. 걱정 마시게.”

형수가 더 자세히 묻지 않았다. 궁금하지 않았고, 알고 싶지 않았다. 이상한 일이었다. 분명히 형수가 시작한 일인데 어느 순간부터인가 저는 이 일에서 철저한 타인이 되어가고 있었다.

“허면 자네의 일은 끝난 것이구만.”

“그런 셈이지요.”

“잘했네. 아주 잘하였어. 자네의 공을 저하께서 절대 잊지 않으실 걸세. 반드시 상을 내리실 것이야.”

“망극할 따름입니다.”

“허면 우린 일을 잘 마무리 지은 후에 만나 술 한잔하지.”

“예.”

형수가 국영을 배웅한 뒤 사랑채로 돌아왔다. 사랑채 앞마당에서 홍이가 형수를 기다리고 있었다.

"무슨 일이냐?"

"후원에……."

길게 말하지 않아도 그 표정만으로 상황을 알아챈 형수가 나르듯이 후원으로 향했다.

누각엔 동세가 잘 차려진 술상과 함께 있었다. 술과 친구가 매우 필요했던 형수는 때마침 나타나준 동세가 그 어느 때보다 기꺼웠다.

"이 친구, 어찌 말도 없이 이리 온 것인가!"

반가워하는 형수를 보며 동세가 씨익 웃었다.

"그래, 그동안 나 없는 한양 땅에서 잘 지냈나!"

농을 건네는 동세의 어깨를 아프지 않게 때리며 형수가 그 앞에 마주 앉았다.

따뜻하게 데운 술을 가득 채운 두 친구가 잔을 부딪친 뒤 단숨에 들이켰다. 더운 술이 핏 속에 돌자 몸이 노곤해졌다.

"일은 잘 마무리 지었는가?"

"그럼. 내가 손 하나만 까딱하면 모두 움직일 수 있게 해두고 왔지. 자네 일은 어찌 되었나?"

"여기도 잘 되었다네. 이제 곧 혼인하게 될 것이야."

"저하께서는 따로 이른 말이 없으셨나?"

"아직은 없으셨네."

"그래?"

"만약 혼인을 하게 되면 부부인의 댁이 혼례장소가 될 게야. 내향에 사람을 내려보내면 모든 것이 들통 날 테니 저하께서 혼주가 되겠다 하실 가능성이 높아 보이네."

"그럼 만약 거사 일을 잡는다면 혼례날이 되겠군."

형수가 고개를 끄덕이며 술병을 들어 빈 잔에 술을 가득 채웠다.

"그런데 자네 왜 이리 얼굴이 상했나?"

"어?"

"좋은 기색은 하나도 없고 얼굴이 반쪽이 됐으이."

"그런가……."

형수가 손으로 제 볼을 쓰다듬었다. 동세의 말대로 양 볼이 까칠했다.

"참 이상한 일이지?"

"무어가?"

"오라비, 오라비 하다 보니까 진짜 오라비라도 된 듯 생각이 드니 말이야. 진짜 오라비는 여동생이 시집가는 것을 싫어한다며? 내 마음도 그렇네. 일은 잘 되었는데 기분이 썩 좋지가 않아. 참 우습지. 자리가 사람을 만든다는 말이 이런데도 쓰이는 것인가 보네."

형수가 홀로 술잔을 기울였다. 무슨 소린가 싶어 처음에 고개를 갸웃하던 동세가 이내 호탕한 웃음을 터뜨렸다.

"자네 심장은 얼음으로 만든 게 아닌가 생각한 적도 있었는데, 계집에게 흔들리는 것을 보니 자네도 사람인가 보군. 이 사람아, 그런 게 정인 게야. 이제 정분난다는 게 어떤 건지 알겠나? 하하하, 앞으로 자네도 계집질 하는 꼬락서니를 좀 보겠구만. 아니 아예 말 나온 김에 오늘 밤에 이 옥루각에서 제일로 이름 난 기생년 하나 자네 방에 넣어주고 싶은데, 어떤가, 응? 원래 허한 마음은 훈훈한 몸으로 달래는 게 제일이라네."

빈 술잔을 상 위에 내려놓는 손이 가늘게 떨렸다.

"정분이라고?"

"그래, 정분. 그런 게 남녀상열지사 아니겠나. 고 계집이 물건은 물건인 게로군. 천하의 최규식에 강형수까지 홀린 것을 보면."

어려서부터 자신의 분노를 풀기 위해 술과 계집질로 세월을 보낸 동세였다. 그래서 계집을 즐기지 않는 형수를 이해하지 못했다. 그런데 그런 친구가 계집을 보며 인간적인 감정을 느끼게 되었다니, 동세의 입장에선 반가운 일이었다. 옥루각을 마르고 닳도록 드나들면서도 형수 때문에 계집질 한 번 시원하게 해보질 못했는데 앞으로 그런 걱정 없이 기생 수청을 받을 수 있겠다 싶어 신이 났다.

동세에게 계집은 그저 몸을 데워주는 존재였다. 설레고 떨리는 것은 몸을 동하게 할 뿐, 그 이상은 없었다. 사내들이 계집에게 하는 구구절절한 고백들은 모두 계집을 넘어오게 하기 위한 일종의 꿀발림이라고 생각했다. 그래서 동세에게 형수의 변화는 그저 여인을 향해 몸이 동하는 변화일 뿐, 그 이상을 생각할 수 없었다. 친구의 변화를 즐겁게 받아들이던 동세는 제 맞은편에 앉아 하얗게 질린 형수의 얼굴을 보고 나서야 웃음을 멈추었다.

"왜 그러는 것인가?"

턱 아래 푸른 힘줄이 불거졌다. 눈에 핏발이 섰다. 온몸이 경직된 친구를 보던 동세의 눈이 서서히 경악으로 물들었다.

"자네 혹시 그저 동하는 게 아니라 그 계집을 진심으로 좋아하기라도 하는 것인가?"

형수의 두 눈이 일렁거렸다. 자신도 믿을 수 없다는 눈빛으로 동세를 보고 있었다. 동세가 아니라고 대답해주길 바라는 절박함이 눈에 담겨 있었다.

"자, 자네가 처음이라 그래. 처음은 원래 그런 게야. 나도 처음에 같이 잔 계집에겐 내 집이라도 주려 했다니까. 난 자네가 영리하니 처음이라 좀 더 설레는 마음 같은 건 다 알아차릴 줄 알았는데 이 사람 정말 숙맥이었군."

더듬거리는 목소리가 가늘게 떨렸다. 뒤늦게 자신이 어리석었음을 자각하며 동세가 스스로를 자책했다. 형수의 평소 성정을 생각했어야 했다. 자신과 형수가 같을 거라 확신하고 가벼이 입을 놀린 것이 후회스러웠다.

"동세."

"아무 말도 하지 말게. 쓸데없는 생각도 하지 말게. 시작하지 않았으면 모를까, 자넨 이미 이 일을 시작했고 막바지에 이르렀네. 이 일에 우리 모두의 명운이 걸려 있어. 미쳐 날뛰는 일시적인 감정에 휩쓸리지 말게. 그런 건 나도 안 하는 짓이야. 현명하고 똑똑한 자네가 헛짓 하지 않을 거라 믿네."

동세가 황급히 자리에서 일어섰다. 형수는 미동도 없이, 그림처럼 앉아 있을 뿐이었다. 도망치 듯 후원을 빠져나가던 동세가 갑자기 우뚝, 그 자리에 멈춰 섰다.

"만약 이 일이 잘못되면 끽해야 자네는 치도곤이나 당할 것이고 우리는 그저 거사 일을 조금 뒤로 미루는 것으로 끝나겠지만, 그 아이는 목숨을 부지하기 힘들 걸세."

뒤돌아선 동세의 어깨 위로 깊은 그림자가 졌다.

"감히 노비 계집이 양반 행세를 하며 모두를 농락한 죄로 능지처참을 당할 게야. 그게 이 조선 아닌가. 반쪽자리라도 양반이고 사내인 자네는 어떻게든 살아남을 테지만 그 계집은 뼛조각조차 찾기 힘들어질 걸세. 명심하시게."

동세는 마치 영원히 돌아오지 않을 사람처럼 성큼성큼 걸어 어둠 속으로 사라졌다. 홀로 후원에 남은 형수가 조용히 무너져 내리고 있었다.

그날 밤 형수는 부부인의 집으로 돌아가지 않았다. 대신 새벽에 홍이를 보내 자신의 짐을 모두 가져오게 했다. 공식적으로는 혼례 준비 때문에 오라비가 내향으로 내려갔다고 소문을 냈다. 순이네를 통해 국영과의 대화 내용을 간략히 전했다.

부부인은 인사도 없이 하루 만에 형수가 사라진 것을 서운해했으나 일의 돌아가는 상황을 이해하려 노력했다. 허나 덕이는 그렇지 못했다.

하루 종일 넋이 나간 듯 정신을 빼놓고 멍하니 있는 덕이를 보고 순이네가 발을 동동 굴렀다. 부부인이 조용히 고개를 저어 가만 내 버려두라고 눈짓했다.

순이네를 시켜 새끼 기생들도 모두 돌아가게 했다. 본격적인 혼례 절차가 시작되면 어떻게든 덕이의 존재를 아는 사람이 이곳에 적은 것이 좋다는 게 그 이유였다. 아마 형수도 그런 마음으로 사라진 것이리라, 부부인은 짐작했다. 물론 그 외 다른 연유도 있으리라 생각되지만, 그런 것들은 생각하지 않으려 애썼다.

몸종들도 돌아가고 순이네조차 얼씬하지 않아 하루 종일 별당은 고요했다. 그 고요함 속에 파묻힌 채 덕이가 복잡한 제 머릿속을 정리하고 또 정리하였다. 지금껏 상황에 휩쓸려 무엇이 무엇인지도 모른 채 여기까지 왔다. 허나 앞으로도 이리할 순 없었다. 끼니조차 거른 채 덕이는 제 속에 잠겼다.

안채의 불이 꺼진 늦은 밤, 아무도 모르게 덕이가 집을 나섰다. 빠른 걸음으로 그녀가 향한 곳은 옥루각이었다.

옥루각 뒷문을 통해 별당으로 들어간 덕이가 곧장 사랑채로 향했다. 사랑채엔 불이 환하게 켜져 있었고 댓돌 위에는 형수의 태사혜만이 놓여 있었다. 그 옆에 제 당혜를 벗은 덕이가 조용히 문을 열고 안으로 들어갔다.

형수는 하루 종일 자리에 앉아 책을 보고 있는 중이었다. 허나 그저 눈으로 글자를 들여다볼 뿐, 내용은 머릿속에 도통 들어오지 않았다. 실상은 그저 멍하니 앉아 있을 뿐이었다. 그래서 방문이 열리는 것도 사람이 들어와 제 앞에 앉는 것도 알아차리지 못했다.

정신을 차리고 보니 덕이가 원망스런 눈으로 저를 보고 있었다. 눈앞에 덕이가 있다는 것이 믿기지 않아 형수가 잠시 제 눈을 의심했다. 혼이 나가 정신을 잃고 꿈이라도 꾸는 것은 아닐까 싶었다. 손을 뻗어 만져봐야 하는가, 제 팔을 꼬집어봐야 하는가, 그런 하릴없는 고민을 멍하니 했다.

"어찌 아무 말도 없이 이리하실 수가 있나요?"

그러나 덕이에게 묻어온 바깥의 차가운 바람이 살에 닿자 형수는 제가 꿈을 꾸는 것이 아니라는 것을 깨달았다. 떨리는 덕이의 목소리 역시 환상이 아니라 현실이었다. 아주 느리게 흩어졌던 정신이 제자리를 찾아갔다. 형수가 굽었던 어깨를 반듯이 한 뒤 허리를 폈다.

급하게 온 것인지 덕이의 양 볼은 붉게 상기되어 있었다. 그 볼을 만지고 싶다는 생각이 들었다. 자신도 모르게 자꾸만 손이 뻗어나갈 것만 같아, 양손을 꽉 쥐었다. 동세가 마지막으로 했던 말을 머리에 떠올리며 흔들리는 제 마음을 다잡았다.

"무엇을 말이냐? 순이네에게 이미 내 뜻은 충분히 전했을 터인데."

"의논드릴 게 있습니다."

"무엇을? 또 그 사내가 너무 좋아 시집을 가서 들킬까 봐 걱정이다, 그런 말을 하려는 것이냐."

쏘아붙이듯 나오는 말에 덕이가 고개를 가로저었다.

"그 사내가 좋아서가 아닙니다. 들킬까 봐 염려하는 마음이 좋아하는 마음보다 더 크기에 할 수 없다는 것입니다. 좋아하는 마음이 더 컸다면 들킬 것을 염려하기보단 안 들킬 궁리를 했겠지요. 허나 좋아하는 마음이 그에 미치지 못합니다. 들킬 것이 염려되기만 할 뿐, 들키지 않기 위한 노력은 하고 싶지 않습니다."

형수의 눈빛이 가늘게 흔들렸다.

"멈출 수 있습니까?"

"무슨 뜻이냐?"

"이쯤에서 제가 멈추고 싶다면 멈출 수 있느냐 그 말입니다."

"왜 멈추고 싶은 것이냐. 요조숙녀가 되어 정경부인으로 살고 싶어서 시작한 일이지 않느냐. 이제 그 소원이 이루어지기 직전인데 어찌 멈추고 싶단 것이야!"

맞다. 요조숙녀가 되고 싶다고 했다. 정경부인이 되어 떵떵거리며 살고 싶었다. 평생 지긋지긋하고 끔찍한 노비로 사느니 양반네로 살아볼 수만 있다면 무엇이든 할 수 있다고 생각했다. 배부른 노비도 나쁘지 않다고 여겼다.

허나 정말 그 삶을 꿈 꾼 것은 아니었다. 네가 그리 될 수 있다, 너는 무엇이든 할 수 있다, 그 말에 흔들린 것이었다. 정경부인으로 사는 삶 그 자체를 꿈꾼 게 아니라 태어나서 사는 내내 비천하다 천대받은 자신이 비천하지 않은 존재가 될 수도 있다는 이야기에 솔깃한 것이었다. 정경부인이 어찌 사는지, 규식과의 혼인이 어떻게 이루어질지 덕이는 단 한 번도 설레어하며 상상해본 적 없었다. 그저 내가 할 수 있을까, 실수하지 않을까, 도련님에게 해가 되지 않을까 그런 생각만을 했을 뿐이었다.

칭찬받고 싶었다. 변화하고 싶었다. 변할 수 있다고 믿어준 그 사람의 말대로 되어보고 싶었다. 그러면 저를 좀 더 예쁘게 봐주지 않을까, 그런 기대를 했다. 애초부터 자신이 걸어갔던 방향은 혼인을 향하고 있지 않았다. 그러니 혼인을 할 수 있을 리 없었다.

"혼인을 하고 싶지 않습니다."

"어이해서?"

"혼인을 원한 것이 아니었습니다."

"대관절 무슨 소리를 하는 것이냐? 혼인을 원한 것이 아니면 지금껏 너는 무엇을 원해 이 일을 한 것이야?"

"제가 변할 수 있는 사람인지 궁금했습니다. 도련님 말씀대로 저 같은 천것도 요조숙녀가 될 수 있을지 알고 싶었습니다. 도련님이 그리할 수 있다 하셨으니까요."

어느새 덕이의 눈에 눈물이 고였다.

"단지 그뿐이었단 말입니다."

"단지 그뿐이었다 해도 이미 여기까지 왔으니 어쩔 수 없다."

"들키면…… 후에 들키면 어찌 되는 것입니까?"

"그것이 무에 그리 걱정이란 말이냐? 어차피 혼인한 후이니 최대관이 어쩌지 못할 것인데."

신경질이 났다. 제 복잡한 속내를 숨기기 급급한 형수는, 덕이가 대체 무엇을 걱정하는 것인지 왜 여기서 그만하자고 하는지를 이해할 여력이 없었다.

"만약 제가 들키게 되면, 혼인한 후에 도움이 필요하다 하면, 와주실 것입니까? 오라비로서?"

숨이 턱 막혔다. 오라비로서라니……. 그 역할이 얼마나 형수에게 잔인한 것인지 덕이는 아직 모르는 게 분명했다.

"아니! 가지 않을 것이다. 내가 들락거려 네게 좋을 리 없을 뿐더러, 너와 나는 진짜 오누이도 아니지 않느냐."

형수는 이를 악물고 한 말이었으나 나오는 목소리는 지극히 무심했다. 아무런 정감도 없는, 철저히 타인인 듯한 그 매정한 태도에 덕이는 목이 잠겼다.

"그럼 저는 힘들 때 누구에게 도움을 청해야 합니까?"

"무에 그리 힘든 일이 있겠느냐. 네 말대로 어차피 반가의 계집이란 등 따시고 배부른 노비다. 시키는 대로만 하면 배곯을 일 없을 것이고 일생을 좋은 옷 입으며 여유 있게 살 것이다. 그럼 된 것이라고 네가 네 입으로 말하지 않았느냐."

그것이 아니라고, 제가 원한 것은 그런 것이 아니라고 덕이가 말하려는 순간, 형수가 나직한 목소리로 말을 이었다.

"그리고 정경부인이 될 것 아니냐."

울컥 속에서 울분이 솟았다. 정경부인, 정경부인, 그놈의 정경부인. 정경부인에 환장한 계집 취급을 하는 것이 화가 났다. 차라리 이리 될 줄 예측하지 못한 스스로의 어리석음을 탓해주었으면 했다.

처음엔 내밀어준 손이 좋았다. 그 다음엔 형수와 있는 게 좋았다. 그래서 두 번 도망칠 생각도 못했다. 잘한다고 웃어주는 형수의 얼굴을 보는 게 좋아서 그랬다. 그 얼굴을 자꾸 보고 싶어 애를 쓰다 보니 여기까지 와버렸다.

"손 내밀어주고 믿어준 것에 대한 보답으로 노력했습니다. 다음엔 제가 얼마나 변화할 수 있는 사람인지 궁금해 애썼습니다. 도련님이 가르쳐주시는 것이 좋아서 따라했습니다. 도련님이 칭찬해주시는 게 좋아서요. 고작 배부른 노비 밖에 못 될 팔자라는 걸 알면서도 도련님과 함께 있는 게 좋아서 그랬습니다."

형수의 아랫입술이 바르르 떨렸다. 잘못하면 목소리가 떨릴 것 같아, 부러 아주 낮게 소리냈다. 그것은 형수 나름대로 수를 쓴 것이었으나, 듣는 덕이에겐 형수를 지독히 낮설게 느껴지도록 했다. 여지껏 본적 없는 얼굴을 한 형수가 익숙지 않은 목소리로 자신을 밀어낸다 생각하자 덕이는 왈칵 서러웠다.

"전에 도망쳤을 때 경고했듯이, 네가 여기서 그만하겠다고 그만둘 수 있는 게 아니다. 이미 너무 멀리 왔어."

"도련님은 아무렇지도 않으십니까? 제가 혼인을 해도 괜찮으십니까?"

매달리는 덕이의 시선을 차마 마주할 수 없어 형수가 눈을 감았다. 한참 뒤에 눈을 떴을 땐 어느새 시선도 고요히 가라앉아 있었다.

"괜찮지 않을 일이 있느냐?"

덕이가 입술을 깨물며 물러앉아 고개를 숙였다. 치마의 끝자락이

눈물로 젖었다. 손등으로 제 얼굴을 대충 문지른 덕이가 자리에서
일어났다.

"실례했습니다. 제가 모르고 실례하였습니다."

장옷을 챙겨든 덕이가 천천히 자리에서 일어나 문 앞에 섰다. 문
을 절반쯤 연 덕이가 나가지 않고 자리에 멈춰 섰다.

"구름 자취 바라보니 그대 정말 떠났는가. 반 적삼에 묻어나는 그
대의 남은 향기. 더 끊어질 창자 없어 슬퍼해도 헛일이라. 그리며 눈
물짓던 그때만 못하여라."

물기 어린 목소리로 시를 윈 덕이가 미련없이 방을 나섰다. 문이
열릴 때 들어온 한기가 덕이가 떠난 자리를 맴돌았다. 형수의 목울
대에 힘줄이 솟았다. 이마에서 진땀이 배어나왔다. 잠시 후 형수가
결심한 듯 자리에서 일어섰다. 형수가 황급히 밖으로 뛰어나갔다.

깊은 밤 긴 그림자

청혼서신을 써서 부부인 댁으로 보낸 날 아침, 상참이 끝난 후 만섭과 규식을 산이 따로 불렀다.

산의 부름으로 혼인이 끝내 마뜩찮았던 만섭의 마음이 조금 풀렸다. 아들의 뜻을 따르기로 한 혼인이긴 하나, 이 혼인으로 취할 수 있는 것은 모두 취하겠다고 결심한 터였다. 절대 손해 보는 장사를 할 순 없었다. 청혼서신을 써서 보내자마자 산이 아는 체를 하는 것을 보니 사이가 소원한 사촌이 아닌 것이 확실해졌다.

평정한 표정을 보이기 위해 애쓰며 만섭이 산의 앞에 앉았다.

"내 아침부터 아주 기쁜 소식을 들었기에 좌상과 최대관을 불렀소."

"미리 아뢰지 못해 송구하옵니다. 안 그래도 오늘 말씀 드리려던 차였습니다."

"축하할 일을 앞에 두고 송구하다니요. 당치도 않소이다. 최대관, 감축하오."

"망극하옵니다, 저하."

"부부인께서 최대관을 매우 마음에 들어 하시오. 사위보다 종질서를 더 좋아하시는 것 같아 내 서운하기까지 하다오."

산이 농을 건네자 만섭이 호쾌하게 웃었다. 규식이 고개를 숙이며 민망해했다.

"내 이리 최대관과 좌상을 따로 부른 것은 축하하기 위함도 있지만 특별히 부부인께서 내게 부탁하신 게 있어서 그러오."

"그것이 무엇이옵니까?"

"내게 혼주가 되어 달라 하시었소."

뜻밖의 이야기였다. 만섭이 놀라운 표정을 숨기지 않으면서 동시에 머릿속으로 재빨리 셈을 하기 시작했다.

"아시다시피 홍소저의 아버지는 돌아가셨고, 어머니는 병으로 자리에 누워 계시오. 근자에 사람을 보내 알아보니 병환이 더 깊어졌다 들었소. 홍소저는 아직 이 사실을 모른다 하오. 워낙에 효성이 지극해 만약 알게 되면 기쁜 마음으로 혼인을 준비하지 못할까 저어되어 부부인이 말하지 않았다 하였소. 상황이 이렇다보니 부부인께서 내가 혼주가 되어 홍소저의 혼인을 치르면 안 되겠냐 조심스럽게 여쭤보시더이다. 빈궁과 각별한 사촌지간이고, 부부인의 부탁도 하도 간곡하여 내 그러기로 하였소."

손익을 따지느라 만섭의 머릿속이 바빴다. 내향에 오가는 것보다 한양 부부인의 집에서 혼례를 치르는 것이 세를 과시하기에 더 좋을 것이다. 게다가 산이 직접 혼주가 되어주기까지 한다면 왕실과 하는 혼인처럼 보일 게 분명했다.

왕의 병환으로 대리청정을 수행 중인 산과 사돈을 맺는 것처럼 보이는 것이 결코 손해일 리 없다. 흡족한 결론에 도달한 것 같자 그제야 고개를 숙여 감사를 표했다.

"그리 신경을 써주신다면 저희야 망극할 따름입니다."

"좌상이 싫어하면 어쩌나 걱정했는데 괜찮다면 다행이오. 최대관도 괜찮은가?"

"예, 저하."

"하기야 최대관이야 얼른 예쁜 색시를 데려만 올 수 있다면야 혼인을 어디서 하든 무슨 상관이겠나."

화기애애한 분위기 속에서 덕담이 오갔다. 찻잔이 비워질 때쯤, 산이 은근한 목소리로 만섭을 불렀다.

"그런데 말이오, 내 하나만 확인하고 싶은데……."

"무엇을 말이옵니까?"

"홍소저가 부부인의 종질녀가 아니었어도 택했을 것이오?"

"예, 저하."

그러나 산이 원하는 대답은 만섭이 아닌 뒤편에 앉은 규식에게서 나왔다. 만섭이 막 입을 열어 답하려는 순간, 규식의 목소리가 먼저 산과 만섭의 사이를 가르고 들어온 것이다. 만섭이 황급히 입을 다물었다.

"홍소저를 우의정 대감의 혼례날 처음 보았습니다. 홍소저가 어느 집안의 규수인지 몰랐으나 그 학식과 기품에 마음을 빼앗겼습니다. 가문과 상관없이 제 마음이 움직이는 대로 한 것입니다. 아버님에게도 그리 말씀드렸습니다. 아버님은 오로지 제 뜻에 따라주셨을 뿐입니다. 세자빈 마마의 사촌동생이라 택했다는 오해는 마시옵소서, 저하."

"가문과 상관없이 성품에 반했다?"

규식의 마지막 말을 곱씹으며 산이 고개를 끄덕였다. 만섭이 가슴을 쓸어내렸다. 아들의 대답이 썩 훌륭해 제가 들어도 맘에 들었다. 만섭은 제가 나서지 않은 것이 오히려 다행이라 생각했다.

"기품과 학식이 가문과 상관없이 나타나는 것이라 생각한다면 최대관은 서얼허통법 역시 반대하지 않겠구만."

뜬금없는 화제에 만섭이 인상을 찌푸렸다. 이것만큼은 제가 말을 해야겠다 싶어 뭐라 말하려는 순간, 또 다시 등 뒤에서 고요한 규식의 음성이 들려왔다. 또 다시 말할 기회를 놓친 만섭이 이번엔 아주 못마땅한 얼굴로 입을 다물었다.

"기품과 학식이 가문과 상관없이 나타나는 것은 맞사오나 신분의 귀천과 관계없다 생각지는 않사옵니다. 신분의 귀천은 하늘이 내는 것입니다. 공자께서도 귀함과 천함은 있다 하셨사온데 어찌 양갓집 규수와 서얼을 같은 자리에 놓고 비교하려 하시옵니까."

만섭이 규식의 말에 덧붙여 제대로 쐐기를 박아야겠다 생각했다. 자세를 바르게 하고 다시 입을 여는 순간, 이번엔 바깥에서 기척이 났다. 세 번째로 말할 기회마저 놓치자, 잔뜩 골이 난 만섭의 얼굴이 붉게 달아올랐다. 속에서 열통이 터져 입을 열면 불이라도 뿜을 수 있을 듯했다.

"저하, 호판대감 드셨사옵니다."

"뫼셔라."

채제공이 들어와 절을 한 뒤 뒤에 섰다.

"저하, 송구하오나 조정의 일이 있어 좌의정 대감과 긴히 의논할 게 있사옵니다."

"오, 그렇다면 가셔야지요. 좌상, 사돈끼리의 사담은 다음에 더 길게 하도록 합시다."

"예? 예, 저하."

아까의 이야기를 이어서 하고 싶은 마음은 굴뚝같지만, 이미 물 건너간 기회였다. 만섭이 불퉁한 표정으로 주춤거리며 자리에서 일어섰다. 규식이 따라 일어서자 산이 고개를 저었다.

"최대관께는 내 따로 이를 말이 더 있소이다. 어린 처제를 맡기게 되니 오라비가 된 심정이라 할 말이 많구려."

만섭이 불안한 표정으로 규식과 산을 번갈아 본 뒤 절을 하고 돌아섰다. 규식이 만섭과 채제공에게 인사했다. 두 사람이 나가고 문이 닫히자 규식이 다시 자리에 앉았다.

"가까이 와서 앉게나."

산의 명에 규식이 무릎걸음으로 다가갔다.

"내 아까 하던 말을 이어서 자네와 좀 더 깊이 얘기해보고 싶어 가지 마라 하였네. 가문을 따지지 않는 것과 출신 성분을 따지지 않는 것은 다르다 하였나?"

"그렇사옵니다."

"어찌 그러한지 좀 더 자세히 말해보게."

산이 서얼들을 세력화하고 싶어 한다는 것은 이미 알고 있었다. 하지만 아무리 그렇다 한들 서얼들과 자신의 처사촌 여동생을 어찌 한 선상에 두고 비교하는 것인지, 규식은 이해하기 어려웠다. 규중 규수와 서얼이 대체 무슨 연관관계가 있단 말인가. 눈덩이처럼 의문은 불어 가는데 답은 찾을 수 없었다. 묻고 싶은 말이 하고 싶은 말보다 더 많으니, 어떤 말을 해야 할지 알 수 없었다. 제 할 말을 찾지 못한 규식이 침묵했다.

"왜 답하지 않는 것인가?"

"망극하오나 저하, 소신의 좁은 소견으로는 이해가 가지 않사옵니다."

"무엇이 말인가?"

"왜 갑자기 서얼과 홍소저를 같은 위치에 두고 이야기하시는 것이옵니까? 제가 가문에 상관없이 홍소저에게 마음이 동했다는 것과 서얼허통법이 대체 무슨 연관관계가 있사옵니까? 아무리 생각해보아도 소신의 짧은 소견으로는 저하께서 진정으로 무엇을 궁금해하시는 것인지 모르겠사옵니다. 그러니 답을 할 수가……."

"자네는 가문에 상관없이 홍소저의 성품에 반했고, 그 성품에 마음이 빼앗겼다고 하지 않았나. 어떤 가문이냐는 것보다, 어떤 여인이냐에 먼저 마음이 흔들린 것 아닌가?"

"그러하옵니다."

"그렇다면 나 또한 벼슬아치를 뽑을 때 어느 출신인가보다 얼마나 능력이 있는가를 보고 뽑는 게 합당한 게 아닌가, 그것을 묻는 걸세."

"허나 저하, 벼슬아치를 뽑는 것과 사내가 계집을 고르는 것은 다르지 않사옵니까. 남녀의 정분은 마음이 움직이는 일입니다. 마음은 제 머리와 상관없이 어디로든 흘러갈 수 있는 것이고 막으려 하나 막을 수 없는 것이지요. 허나 관리는 합당한 근거와 기준에 맞추어 선발하는 것이지 마음 가는대로 하는 것이 아니지 않사옵니까."

"서얼은 그 합당한 기준과 근거에 미치지 못한다, 이것인가?"

"나라의 관리는 감정에 의한 것이 아니라 합리적이고 원칙적인 판단을 한 뒤 움직이는 자여야 합니다. 허나 서얼은 그 출생부터 자란 환경까지 모두 사회에 불만과 분노가 축적되어 있기 십상입니다. 그런 자가 어찌 국가의 관리로 들어와 사사롭지 않게 일을 처리할 수 있단 말입니까. 나라에 도움이 될 리 없지 않습니까."

"그대는 지금 이 나라의 관리들이 사사로운 감정 없이 일을 하고 있다 생각하는가? 이미 그들은 모두 각자의 위치에 따른 정치적인 이해관계에 따라 움직이고 있지 않은가 말일세."

"그것과는 다르옵니다."

"무엇이, 어찌 다른가? 노론과 소론은 각자의 이해관계에 의한 정치를 하고 있어. 내 보기엔 그들 중 누구도 공익을 위한 정치를 하고 있다 생각되지 않네. 어차피 모두가 사익에 따라 움직인다면 난 그 힘의 균형을 맞춰주고 싶을 따름이야. 그래야 그 속에서 새로운 공익이 생겨나지 않겠는가? 지금은 이미 지나치게 치우쳐 있으니 말일세."

"서얼들과 제가 몸속에 흐르는 피가 다르다 말하고 싶지는 않사옵니다. 그들의 학식이 미덥지 못하다 하지도 않겠습니다. 그들도 일부는 양반의 태생이고 실제 저와 같은 교육을 받고 자란 자도 있을 것이옵니다. 어쩌면 저보다 더 뛰어난 자도 있을 수 있겠지요. 허나 그들을 세력화시킬 경우 힘의 균형이 맞춰지는 것이 아니라 나라의 근간이 무너질 수도 있습니다. 하나씩 허용하기 시작하면, 거기서부터 조금씩 틈이 벌어지게 될 것입니다. 아주 튼튼히 쌓은 성벽을 무너뜨리는 것은 거대한 힘이 아니라 쥐가 만든 작은 구멍이라는 것을 잊어선 안 되옵니다. 능력만이 관리에게 요구되는 재능이 아니지 않습니까. 사람에게 그저 뛰어난 능력만이 요구될 뿐이라면 어찌하여 어린 시절부터 예의와 법도를 학문보다 더 중히 가르치겠습니까. 태어나면서부터 보고 자라는 환경과 어린 시절의 가르침은 쉬이 따라할 수 없는 것입니다. 몸에 배어 있는 것들이 자연스럽게 태도로 나타나고 그 태도가 사람의 전반적인 됨됨이를 알려주는 법이지요. 아까 저하께서 제게 어찌 가문을 보지 않았느냐 물으셨지요. 저는 홍소저의 태도와 됨됨이에서 이미 가문을 알아보았기 때문입니다. 그래서 저는 홍소저를 저의 배필로 정했습니다. 그리고 같은 이유로 서얼들의 출사를 반대합니다. 아무리 출중한 능력을 갖추었다 한들 그들의 성품과 태도가 결코 그들의 출신을 넘어설 수 없다 생각하기 때문이옵니다. 그리고 그들의 태도가 결코 조정에 이롭지 않을 것이라 확신하기 때문입니다. 단순히 출신이 서얼이라 반대하는 것이 아닙니다."

되었다. 쏟아지는 규식의 말을 묵묵히 듣던 산이 그 속에서 제가 원하는 말을 찾아냈다.

"그대는 홍소저의 태도와 기품이 좋은 가문을 나타내는 것이라 확신하였다, 이것이로군?"

"그렇습니다."

"그래, 그렇단 말이지."

산이 의미를 알 수 없는 미소를 지었다.

"자네의 뜻은 내 잘 알겠네. 내 다시 깊이 생각해보겠네."

"망극하옵니다, 저하."

그때 조내관의 높은 목소리가 방안을 울렸다.

"저하, 홍낭청 드셨사옵니다."

"뫼셔라. 자네는 그럼 이만 나가서 정무를 보시게."

"예."

규식이 허리를 깊이 숙여 인사하며 밖으로 나갔다.

"오, 저하를 뵈러 왔는가?"

밖에 서 있던 국영이 규식을 보며 반가워했다.

"좋은 소식이 있더군. 축하하네."

"감사합니다."

"이따 따로 얘기 나누세. 내 지금은 정무가 급하여."

"예."

국영이 서둘러 안으로 들어가자 이내 문이 닫혔다.

닫힌 문을 물끄러미 보던 규식이 몸을 돌렸다. 기분이 이상했다. 어디서 기인한 것인지 딱 집어 말하기는 어려웠으나 몸에 뱀이 기어 다니는 것처럼 불쾌하고 섬뜩했다.

안으로 들어온 국영은 곧장 산의 지근거리로 다가갔다. 산이 제 앞에 놓인 상을 밀어낸 까닭에 두 사람이 머리가 맞닿을 정도로 가까이 앉았다.

"최대관이 혼례날 본 몸종이 지금 기생이 되었다 하였나?"

"네."

"허면 오늘 밤 둘이 마주치게 하라."

"네?"

국영이 놀라 자신도 모르게 언성을 높였다가 황급히 입을 다물었다.

"저하."

"왜 그러느냐?"

마치 제가 무슨 말을 했냐는 듯 태평한 태도였다. 국영이 잠시 뭘 잘못 들은 것인가 고민했다.

"방금 하신 말씀이……."

"옥루각에 규식을 데려가라 하였다. 가서 덕이의 몸종이었던 아이를 마주치게 하라고."

"이 일을 이쯤에서 그만두실 생각이십니까?"

"그럴 거라면 몇 달 동안 이 고생을 왜 했겠느냐?"

"허면?"

혼란스러웠다. 규식이 옥루각에 가서 홍소저의 몸종이 기생인 것을 알게 된다면, 홍소저의 존재 자체에 대해 의문을 품을 것은 자명한 일이다. 산통 다 깰 생각이 아닌 이상 이해할 수 없는 명령이었다. 대체 무슨 생각으로 이런 명을 내리는 것인지, 지척에서 산을 모신 국영조차도 그의 속내를 짐작하기 어려웠다.

"위험합니다. 규식이 알게 된다면……."

"규식이 홍소저의 정체를 의심하겠지."

"그렇사옵니다. 그런데."

"그러니 하라는 것이다."

단호한 어투였다. 의중을 떠본 것이 아니라 분명한 생각을 가지고 내린 지시라는 것을 확인하자 국영은 더 이상 반발할 수 없었다.

산이 손을 내저으며 몸을 뒤로 뺐다.

"어서 그리하라."

궁금함을 목 뒤로 삼키며 국영이 뒤로 물러났다.

"혼인을 앞두고 기생집 출입이라니요, 당치 않습니다."

"어허, 원래라면 저하께서 자네에게 축하주를 내리셨을 일 아닌가. 허나 지금 궐의 상황이 상황인지라 그러지 못하시는 저하의 마음을 헤아려 내 대신 사는 거라 하질 않나."

"축하주라면 낭청 어르신 집에서 주시면 될 일이지, 옥루각에 뭣하러 온단 말입니까."

"아, 이 사람! 우리 집보다 술맛 좋고 안주 좋은 곳이 이리 떡하니 있는데 우리 집엘 왜 가나. 아, 들어가자니까."

"싫습니다. 내키지 않습니다."

"답답하고 꽉 막힌 사람을 보았나. 기생집에서 술 한 잔 마시면 하늘이 무너지기라도 한다던가?"

옥루각 앞에서 벌써 반 식경째 국영과 규식은 들어가네 마네 씨름 중이었다. 윽박질러보기도 하고 화도 내고 달래도 보았지만 규식은 굳건했다. 작전을 바꾼 국영이 이번엔 불쌍한 얼굴로 규식을 조르기 시작했다.

"내 벌써 사람을 보내 술상을 차리라 일렀는데 이리 가면 내 체면이 뭐가 되겠나."

"그럼 그 차려진 안주를 집으로 가지고 가면 되지 않겠습니까. 싸달라고 하시지요."

바늘 끝도 허락하지 않을 기세였다. 융통성이라곤 약에 쓸래도 없는 사내가 아닐 수 없었다. 결국 국영이 패배의 의미로 두 손을 들었다.

"내 졌네, 졌어. 그럼 여기서 기다리게. 내 값을 치르고 자네 말대로 술과 안주를 싸올 터이니."

"네."

투덜거리며 어깨를 늘어뜨린 국영이 안으로 들어갔다.

규식이 대문 앞에서 물러나와 담벼락에 기대섰다. 국영이 들어가고 얼마 지나지 않아 어린 기생과 한 몸이 된 사내가 옥루각에서 나왔다. 뒤엉킨 남녀의 모습이 목불인견이었다. 규식이 등을 지고 그들을 외면했다.

"나리, 나가면 아니 된다니까요. 어디로 끌고 가시는 겝니까."

"아니 손님이 가는 것을 배웅해달라는 게 그리 안 될 말이더냐?"

"아이 참, 그것이 아니오라."

교태어린 목소리의 계집이 칭얼거리며 사내의 품에 안겼다.

헛기침을 하며 고개를 숙이고 있던 규식이 갑자기 홱 몸을 돌렸다. 콧소리가 잔뜩 들어가 있긴 했으나 분명 어디선가 들어본 적 있는 계집의 목소리였다.

사내의 품에 안긴 계집을 규식이 유심히 보았다. 분명 어디선가 본 적 있는 얼굴이었다. 이리저리 움직이던 그의 고개가 갑자기 뻣뻣하게 굳었다. 마른침을 삼키며 다시 한 번 계집을 자세히 살펴보았다. 계집은 어둠 속에서 규식이 저를 보고 있다는 것은 꿈에도 생각하지 못한 채 여전히 사내 품에 안겨 헤어져 아쉽다는 교태를 부리고 있었다.

"나리, 화 내지 마시고 다음번에도, 악!"

사내에게 안겨 있던 계집이 갑작스럽게 손목을 잡아당기는 악력에 놀라 고함을 질렀다. 어느 놈이 이리 우악스럽게 제 손목을 붙잡는 건지 고개를 쳐들고 노려보았다. 그리고 저승사자라도 맞닥뜨린 것처럼 이내 하얗게 질려버리고 말았다. 다리에 힘마저 풀렸는지 주춤주춤거렸다. 자꾸만 주저앉으려는 계집을 규식이 억지로 끌어당겨 제 눈앞으로 데려왔다.

어느새 기생을 붙들고 있던 사내는 어디론가 뺑소니를 친 뒤였다.

혼란스러운 상황 속에서도 규식의 시선은 제가 붙들고 있는 계집에게 박혀 떨어질 줄을 몰랐다.

"나를…… 본 적이 있지?"

규식에게 단단히 손목이 틀어 잡힌 계집이 비에 젖은 새끼 고양이마냥 바들바들 떨었다.

"대답하여라, 나를 만난 적이 있지 않느냐?"

"모, 모르옵니다. 모르옵니다."

손목을 비틀며 자꾸만 도망치려는 계집을 규식이 다시 한 번 세게 제 쪽으로 끌어당겼다.

"몰라? 모른다고?"

"모르옵니다."

"네 감히 어디서 거짓을 말하는 것이냐! 너는 우의정 대감의 혼례날 홍소저의 곁에 있던 몸종이 아니더냐! 네가, 네가 어찌 여기 있는 것이냐!"

규식이 고함지르며 계집을 왈칵 떠밀었다. 도리질을 치던 계집이 엉덩방아를 찧으며 바닥에 주저앉았다. 그때 대문이 열리더니 뛸 듯이 국영이 안에서 나왔다.

"내 살다 살다 기생집에서 음식을 다 싸가보는군. 어서 가세. 자네

집보다야 우리 집이 편하겠지?"

계집을 겨누던 그 매서운 눈매 그대로 규식이 국영을 노려보았다. 그의 얼굴이 분노로 일그러졌으나 상황 인지가 안 되는지 국영의 표정은 아무것도 모르는 사람처럼 말갰다. 주저앉아 있는 계집은 아직 도망도 못 가고 바들바들 떨고 있었다. 혼란에 빠진 규식이 몇 번이고 계집과 국영을 번갈아보았다.

"왜 그러나? 무슨 일 있나?"

"나리께선!"

무슨 말인가를 쏟아내려다 규식이 멈칫했다. 다시 한 번 국영의 표정을 헤집을 듯 살폈다. 다시 봐도 아무것도 모르는 얼굴이다. 제게 들킨 계집은 여전히 바들바들 떨고 있었다. 그에 반해 그에게선 조금도 미심쩍은 부분을 발견하기 어려웠다.

제 생각이 잘못된 걸지도 모른다. 지나치게 흥분한 것일 수도 있다. 규식이 애써 마음을 가라앉혔다. 금방이라도 험한 말들이 제멋대로 튀어나올까 입을 꾹 다문 규식이 몸을 돌렸다.

"축하주는 다음에 하지요."

"이보게, 어딜 가는 겐가! 이보게!"

뒤에서 애타게 부르는 말이 들리지 않는 듯 성큼성큼 바쁘게 걷기 시작했다.

규식이 시야에서 사라질 때까지 지켜보다 국영은 바닥에서 떨고 있는 기생을 무심하게 쳐다보며 말했다.

"네 책임은 묻지 않을 것이니 염려 말아라."

국영은 들고 있던 안주를 기생에게 준 뒤 돌아섰다. 기생을 붙들고 늘어졌던 사내가 멀리서 그에게 인사한 뒤 어둠 속으로 사라졌다.

한걸음씩 옮기는 국영의 발걸음이 무거웠다. 과녁이 어딘지도 모른 채 활을 쏴버렸다. 국영은 날아간 화살이 대체 어디에 가서 꽂힐지 도무지 알 수 없어 두려움을 느꼈다.

❁

장옷을 뒤집어쓴 채 종종걸음 치는 덕이의 얼굴이 눈물로 온통 젖어 있었다. 달리듯 걸어가는 그녀를 뒤에서 누군가가 세게 잡아챘다.

덕이가 놀란 얼굴로 돌아보자, 형수가 숨을 몰아쉬며 서 있었다.

"말해보아라."

"무엇을 말입니까?"

"왜 혼인을 못하겠단 것이냐. 왜 그자를 좋아할 수 없다는 것이냐."

"아까 말씀드리지 않았습니까. 그자는 저를 보고 있지 않습니다. 제가 아닌 도련님이 만들어낸 여인을 좋아하는 것입니다. 그런 자를 어찌 좋아할 수 있단 말입니까. 저를 좋아해주는 사내를 좋아하고 싶습니다. 천출이라는 것을 알아도, 이 모습이 꾸며진 모습에 불과하다는 것을 알고 있음에도 저를 봐주는 사내를 좋아하고 싶습니다. 사내가 있는 그대로인 자신을 좋아해주길 바라는 것은 계집의 당연한 바람입니다. 단 하루를 살더라도 제가 좋아하는 사내의 품에서 자유롭고 싶은 게 여인입니다!"

"그런 자가 네게 있더냐?"

"무슨 말을 듣고 싶으신 겝니까?"

"대답해보아라. 너를 있는 그대로 좋아해주었으면 하고 바라는 자가, 너를 자유롭게 하는 자가 네게 있더냐? 그자가 최규식이 아니라 다른 이더냐?"

덕이가 원망 가득한 눈으로 형수를 노려보았다. 두 눈에서 쉼 없이 눈물이 흘러내렸다. 형수가 다시 한 번 다그치듯 그녀의 두 팔을 단단히 붙잡은 채 제 쪽으로 끌어당겼다.

"그런 자가, 네게 있느냔 말이다!"

"예! 있습니다. 알고 계시질 않습니까!"

덕이가 원망을 쏟아내듯 소리치며 형수의 두 팔을 뿌리쳤다.

형수가 다시 덕이를 붙잡았다. 어두운 밤길에서 뿌리침과 붙잡는 동작이 여러 차례 반복되었다. 결국 온몸의 진이 다 빠진 덕이가 형수의 두 팔 아래 늘어지듯 안긴 채 흐느꼈다.

"도련님입니다. 알고 계시질 않습니까. 아시면서 어찌……."

그 순간 형수가 덕이를 거세게 껴안았다. 덕이의 가슴에 맞닿은 그의 심장이 온몸을 울릴 정도로 강하게 뛰고 있었다. 덕이가 떨리는 손을 더듬거려 그의 도포자락을 움켜쥐었다. 다시 한 번, 형수가 조금의 틈도 주지 않겠다는 듯 덕이를 꽉 껴안았다.

어렴풋이 알고 있었음에도 꼭 덕이에게 제대로 들어야만 했다. 살아오는 동안 늘 형수가 바라는 모든 것들은 답 없는 메아리로 끝나곤 했다. 이번에도 그리 될까 두려웠다.

아주 어린 시절 가기 싫다는 저를 아버지에게 보내며 제게서 매몰차게 등을 돌린 어머니를 보면서 아무리 울어도 안 되는 일이 있다는 것을 그때 처음 알았다. 그리 떠나서 어머니가 보고 싶은 순간마다 형수는 억지로 어머니를 향하는 저의 마음을 거두려 애썼다.

머리가 굵어진 후 아버지를 아버지라 부를 수 없다는 것을 알았을 때, 인간이 만든 사회적 제도가 피의 이끌림보다 더 강하다는 것을 깨달았을 때, 형수는 아버지에 대한 정을 끊어내기 위해 노력해야 했다.

아무리 공부를 해도 쓸모가 없다는 것을 확인받았을 때 사회와 나라에 대한 기대를 접어야만 했다. 혼인을 한다 해도 남들처럼 제대로 된 가정을 꾸려 사회에 도움이 되는 자식을 둘 수 없다는 것을 알고 난 뒤엔 이제 더 이상 그 무엇도 함부로 꿈꾸지 않기로 결심했다.

살면서 원했던 것을, 혹은 가지고 있다고 믿었던 것을 하나하나 포기당했다. 그래서 두려웠다. 이번에도 용기를 내 겨우 손을 내밀었다가 매몰차게 거절당할까 봐 겁이 났다. 그래서 비겁하지만 먼저 확인받고 싶었다. 확인받아야만 했다.

"내가, 내가 어찌 해주었으면 좋겠느냐."

형수가 조심스럽게 품에서 덕이를 떼어내며 그녀의 얼굴을 비로소 맨 마음으로 바라보았다.

눈물로 얼룩진 얼굴을 닦아내는 그의 두 눈엔 애정이 가득했다. 형수의 눈을 보자 그제야 마음이 놓인 덕이가 형수의 품에 다시 매달렸다.

"멈추어주십시오. 멈출 수 없다면 데리고 도망쳐주십시오. 도련님과 함께 하고 싶습니다. 혼인하고 싶지 않습니다."

"그게 무슨 말이냐!"

덕이의 말이 끝나기 무섭게 등 뒤에서 들려오는 서늘한 일갈에 덕이와 형수가 소스라치게 놀랐다. 그리고 바로 그 순간, 덕이의 몸이 획하니 돌려지며 형수에게서 떨어졌다.

"도망치게 해달라니, 그게 무슨 말이더냐!"

형형하게 빛나는 규식의 두 눈이 덕이를 노려보고 있었다. 서슬 퍼런 기세에 눌린 덕이가 자신도 모르게 뒤로 물러서려는 순간, 규식이 다시 한 번 그녀를 단단히 붙든 뒤 제 쪽으로 끌어당겼다.

"너는, 누구냐! 누구란 말이냐."

도무지 믿을 수 없다는 시선이 덕이를 샅샅이 훑어내렸다. 규식의 품안에서 바들바들 떠는 그 여인은, 분명 규식이 아는 홍소저가 맞았다. 그런데 어찌 홍소저의 몸종은 기생이란 말인가. 어이하여 정숙한 여인이 낯선 사내의 품에 안겨 도망치게 해달라 울고 있단 말인가.

"내가, 내가 설명하겠소."

규식이 거세게 뿌리치듯 고개를 돌렸다. 걸리적거리는 게 무엇이든 부숴버릴 것 같은 기세였다. 꿰뚫을 것처럼 노려보던 그의 두 눈이 믿을 수 없다는 듯이 커졌다. 제 눈앞에 서 있는 사내는 제가 이미 알고 있는 자였다. 이자가 대체 왜 여기에 있는지 납득할 수 없었다.

"너는!"

예전에 스치듯 본 적이 있었다. 옥루각 행수의 아들이자 강치영 대감의 서자, 강형수였다. 아니, 아니다. 저 얼굴은 강형수의 얼굴만이 아니다. 저 얼굴을 알고 있다. 저 얼굴은 아니지만, 비슷한, 저 얼굴에 수염이 붙은 얼굴을 알고 있다. 그는 홍소저의 오라비였다. 자신을 보며 어찌 규중규수를 그리 대하느냐 엄하게 꾸짖었던 자였다.

혼란스러운 규식이 인상을 찌푸리며 거듭해서 그를 살펴보았다. 제 눈앞에 선 자가 누구인지 정리되지 않았다. 어지러웠다.

"나는 강형수요. 그리고."

"제가 말씀드리겠습니다."

덕이가 끼어들었다. 다급하게 규식을 제 쪽으로 끌어당겼다. 흔들리는 그의 두 눈에 덕이가 담겼다. 불안하고 초조해보였다. 진중하고 침착하던, 자신이 알던 홍소저가 아니었다.

"저는 홍소저, 그러니까 정원 아씨의 몸종입니다. 정원 아씨 댁에서 도망친 뒤 이곳으로 와 정원 아씨 행세를 하였습니다. 죽을죄를 졌습니다."

덕이가 바닥에 엎어지며 애처롭게 소리 질렀다. 전혀 예상치 못한 고백이었기에, 꿈에도 생각해본 적 없는 장면이었기에 규식이 주춤거리며 뒤로 물러섰다. 놀라기는 형수도 마찬가지였다. 전혀 뜬금없는 이야기였다.

"저분은 제가 사모하는 분입니다. 아씨가 한양 나들이를 하실 때 따라왔다가 저자를 사모하게 되어 다시 보고 싶은 마음에 그만 이리 불충한 일을 저지르고 말았습니다. 저분을 사모하여 이곳에 와서 아씨 행세를 한 것인데 어쩌다보니 나리와 혼인하는 상황이 되어버렸습니다. 그래서 겁이 나 저분에게 도와달라 한 것입니다."

그 짧은 시간에 머리를 굴려 지어낸 결과였다. 강형수는 강형수로서 남겨둬야 했다. 치도곤은 저 혼자 당하면 될 일이다. 발칙한 노비 계집애의 미친 짓거리로 곤장이나 맞으면 끝나리라, 덕이는 그리 생각했다.

덕이의 생각이 손에 잡힐 듯이 생생했다. 그 마음이 얼마나 지순한지 절절하게 느낄 수 있었으나 그리 수습될 일이 아니란 것을 누구보다 자신이 잘 알았다. 형수가 얼이 빠진 규식의 앞으로 한 발 다가들었다.

"내가 설명하리다. 저 아이는 노비요. 그리고 나는 옥루각 행수의 아들 강형수요. 내가 저 아이를……."

"제가 한 일이라지 않습니까."

"너는 입 다물지 못하겠느냐!"

"도련님!"

"네 선에서 끝날 문제가 아니다. 가만히 있거라."

형수와 덕이의 실랑이를 노려보던 규식이 이젠 어이도 없다는 듯 기막힌 웃음을 토해냈다.

한없이 공허하고, 모든 것을 잃은 것처럼 쓸쓸하고, 무너지는 걸 눈앞에서 고스란히 지켜볼 때의 허무한 웃음이었다. 살면서 이런 웃음이 제 입에서 나올 줄은 상상도 해본 적이 없었다.

무엇이 진실인지 이제 더 이상 궁금하지 않았다. 이 상황에서 뭐가 진실인지가 무슨 상관이겠는가. 중요한 것은 제가 일생을 사랑하리라 결심한 여인이 도망칠 생각을 할 정도로 저와의 혼인을 원치 않는다는 것이었다. 게다가 그 여인은 이미 도망치고 싶은 사내를 곁에 두고 있었다.

가슴이 뻥 뚫린 것만 같았다. 갑작스럽게 생긴 빈 공간으로 찬바람이 쉴새 없이 지나갔다. 치켜뜨는 그의 눈매가 사나운 짐승처럼 매섭게 변했다. 붙어 있는 두 사람이 꼴 보기 싫었다. 덕이를 막아선 형수를 우악스럽게 밀쳐내며 규식이 엎드린 덕이를 일으켜 세웠다. 그리고 바싹 제 얼굴을 가져다댔다.

"옥루각의 기생이 네 몸종이었던 아이더구나. 이런데도 너 혼자 한 일이라는 것을 믿으란 것이냐?"

덕이가 두려움을 숨기지 못하고 몸을 떨었다.

"어디서부터 어디까지, 대체 얼마나 많은 이가 이 일에 연루된 것이냐. 이 일을 아는 자가 대체 얼마나 더 있느냔 말이다."

"나리."

"말하지 마라. 그들이 누군지 왜 그랬는지 상관없다. 나는 이 일을 아무에게도 말하지 않을 것이다. 우리에겐 아무 일도 없었다. 너는 앞으로도 홍소저일 것이며, 우리는 예정대로 혼인할 것이다."

"나리!"

"네가 누구라도 상관없다. 누구였더라도 상관없다! 너는 내 아내가 될 것이다. 되어야 한다!"

으르렁거리며 고함을 질러댄 규식이 거칠게 덕이에게 입을 맞추었다. 부릅뜬 그의 두 눈이 형수를 향했다. 울컥한 형수가 다가들려는 순간, 동세가 했던 경고가 떠올랐다.

'만약 이 일이 잘못되면 끽해야 자네는 치도곤이나 당할 것이고 우리는 그저 거사 일을 조금 뒤로 미루는 것으로 끝나겠지만 그 아이는 목숨을 부지하기 힘들 걸세. 감히 노비 계집이 양반 행세를 하며 모두를 농락한 죄로 능지처참을 당할 테지.'

형수의 두 발이 앞으로 더 나가지 못하고 땅에 붙어버렸다. 규식의 품안에서 발버둥 치는 덕이의 모습을 고개 돌려 외면했다. 주먹 쥔 두 손에 새파랗게 힘줄이 돋았다. 이를 악문 형수가 눈을 질끈 감았다.

젖 먹던 힘을 다해 덕이가 규식에게서 겨우 벗어났다. 한참 동안 씨근덕거리며 숨을 몰아쉬던 규식이 천천히 호흡을 정리했다. 여전히 부라린 눈은 칼날처럼 섬뜩했지만 언제 이 사단을 겪었냐는 듯 평정을 되찾은 얼굴로 덕이에게 손을 내밀었다.

"오시오, 낭자. 부부인의 댁으로 데려다 드리겠소."

입술을 거칠게 닦아내며 덕이가 경악했다.

"저자를…… 죽이고 싶지 않으면 내 말을 따르는 게 좋을 것이오. 저자가 죽을까 두려워 혼자 뒤집어쓰려 한 것 아니오?"

이를 드러내며 규식이 낮게 으르렁거렸다. 그 사이에 덕이가 형수를 보고 형수가 덕이를 보았지만 그저 짧은 일별일 뿐이었다. 둘 사이에 도저히 가 닿을 수 없을 것 같은 아득한 다리가 놓이고 있었다.

덕이가 후들거리는 손으로 바닥에 떨어진 장옷을 집어든 뒤 팔에 걸쳤다. 그리고 천천히 걸어 규식의 곁으로 가서 섰다.

"밤에 혼자 다니면 위험합니다."

규식이 마치 사랑하는 이에게 하듯 다정스레 그녀를 감싸며 걷기 시작했다.

나란히 걷는 규식과 덕이의 뒷모습을 보던 형수가 두 눈을 질끈 감았다.

달빛과 별빛마저 사라져 한 치 앞을 짐작하기도 어려운 깊은 밤중에 형수가 급하게 동세의 집 문을 두드렸다.

이렇게 허둥거리는 친구의 모습은 처음 보는지라 동세는 매우 놀랐다. 혹시 모든 일이 다 틀어져버린 것은 아닐까, 하는 염려가 먼저 들었다. 그러나 그의 입에서 나온 말은 전혀 뜻밖의 것이었다.

"그 아이와 도망을 가고 싶다니, 이게 대체 무슨 말인가. 자네 계집에게 미쳐 제정신이 아닌 게로군."

"계집에게 미쳐서가 아니네."

"그럼 대체 왜 이러나? 도망이라니!"

"이쯤에서 멈추는 게 옳은 일 아닐까 오랫동안 고민했다네."

"대체 왜!"

화가 나 어쩔 줄 모르며 펄쩍 뛰는 동세와 달리 형수는 방금 전까지 치열하고 위급했던 사람 같지 않게 온전하고 침착했다. 정말 긴 시간 생각한 것이 맞는 듯 형수의 이야기는 논리 정연했다.

"자넨 우리의 거사가 성공한 뒤를 생각해본 적이 있나? 나는 사실 생각해본 적이 없다네. 우습지 않나. 권력을 잡고 싶어 하면서 정작 권력을 잡은 뒤 무엇을 어찌해야 할지는 생각해보지 않았다는 게 말일세. 어떻게 권력을 잡을지에 대한 계획만 잔뜩 세우고 있었단 말이야."

"그게 뭐가 문젠가. 일단 권력을 잡는 게 우선이니 일의 순서상 그리하는 게 당연하지 않나."

"아냐, 그래서가 아닐세. 우린 모두 권력욕만 있을 뿐, 정작 어떤 나라를 만들겠다는 생각을 하지 않았기 때문이야. 그 아이를 보면서 확실히 깨달았다네. 나는 그저 분노했고, 그 분노를 터뜨릴 곳이 필요했을 뿐이야. 그 후 나라의 경영까지 자세히 생각지 못했네. 생각하지 않았어. 결국 내가 일을 벌인다면, 그토록 서얼을 반대하는 양반네들의 명분을 더 강화시켜 줄 뿐이야. 분노에 찬 이들은 결코 나라에 도움이 되지 못한다는 그들의 주장을 내가 증명하는 셈이 아니겠는가."

"알아듣게 설명해보시게. 대체 이 무슨 뜬구름 잡는 소리인가."

"집 안에 갇혀 지내는 여인네들의 신세가 노비와 다를 게 뭐냐 묻더군. 우린 노비도 요조숙녀로 만들 수 있다고 큰소리쳤네. 노비가 요조숙녀가 될 수 있다고, 우리도 양반네랑 다를 바가 없다고 한다면 여인들에게도 노비들에게도 기회를 줘야 하는 것 아니겠나?"

인상이 굳어가던 동세가 입을 다물었다. 그런 생각까지 형수가 할 줄은 몰랐다. 자신 역시 거기까지 생각해보지 않았다.

"노비가 요조숙녀가 될 수 있다는 것을 증명해낸 것을 빌미삼아 권력을 잡는다면, 우린 반드시 저 질문에 답해야 하네. 우린 어디까지 우리의 권력을 나눌 준비가 되어 있느냐 말일세. 이 조선을 어디까지 바꿀 것인가, 자넨 생각해둔 게 있는가?"

머리에 쥐가 내리는 기분이었다. 깊게 생각하고 싶지 않았다.

"그래서 자네의 결론은 이쯤에서 이 일을 그만두잔 말인가?"

"그게 우리에게 더 나은 선택이지 않겠나. 출사만이 목표라면, 어차피 저하께서는 우리에게 기회를 주신다 하셨으니."

"그 말을 믿는가! 수없이 속아왔으면서 그 말을 믿느냐 말일세. 그 기회 역시 자네의 일이 성공했다는 전제 하에서만 주어지는 거였네. 그런데 자네가 그 아이를 데리고 도망가면, 과연 그 기회가 우리에게 주어질 것이라 생각하는가!"

답답한 마음에 버럭 고함을 지르며 동세가 형수를 몰아세웠다.

"이러지 마시게. 이래선 아니 되네. 최대관이 그 계집에게 미쳐 모른 척해주는 사이 우리가 먼저 칠 생각을 해야지, 이쯤에서 접자니 이게 말이 되는가? 잘못하다간 우리 모두 다 개죽음을 당할 수도 있다는 것을 왜 몰라!"

"그 아이를 보면서 나는…… 뒤늦게 깨달았네. 내겐 어쩔 수 없는 한계가 있다는 것을, 넘어설 수 없는 벽이 존재한다는 것을. 나는 어느 정도 규정된 역할 안에서 살았고, 그 안에서 활개쳤을 뿐이야. 벽을 부술 용기도 없으면서 부순 뒤 어떻게 다시 세울지에 대한 생각도 못하면서 벽이 문제라고 손가락질만 한 거라고. 소인배 아닌가. 제대로 된 철학이 없는 권력은 망나니의 칼자루가 되어 생목숨을 베어낸다네. 우리 지금껏 숱하게 그런 꼴을 보지 않았나? 우리가 그런 인간이 될 순 없지 않나. 해서, 이쯤에서 접으려는 거야. 최대관에게 들켜서 난 오히려 속이 다 시원했다네. 일을 진행하면서 내내 가슴 속에 돌덩어리가 얹힌 것 마냥 무거웠어."

형수는 흥분하지도 재촉하지도 않았다. 다만 솔직한 생각들이 말이 되어 흘러나오자 많은 것들이 반성해야 할 숙제로 변했다. 형수의 자기반성에 질린 동세가 고개를 저으며 돌아섰다.

"일단 돌아가시게. 날이 밝은 뒤 다시 생각해보세."

"동세."

"돌아가래도!"

억지로 형수를 등 떠밀어 보낸 뒤 동세는 잠 못 이루고 혼자만의 생각에 잠겨들었다.

형수의 변화는 당혹스러운 것이었으나 전혀 예상치 못한 것은 아니었다. 그의 한계를 이미 진작에 보았던 것 같기도 했다. 그런데도 지금까지 함께 왔던 건 최종의 단계에는 그가 꼭 있어야 할 필요가 없다는 결정도 마음속으로 내려두었기 때문일 것이다. 그러나 지금

당장은 아니었다. 지금 형수가 없이는 혼자 나아갈 수 없었다.

그는 밤새 한잠도 자지 못하고 뒤척였다. 밤을 하얗게 지새우며 내린 결론은 단 하나였다. 함께 갈 수 없다면 갈아타는 수밖에 없었다.

동세는 날이 밝자마자 일찍 집을 나섰다. 한 걸음에 그가 향한 곳은 만섭의 집이었다.

"이곳에서 기다리시지요."

동세가 사랑채 가운데 자리하자 등 뒤로 조용히 문이 닫혔다.

잘 꾸며진 사랑채를 둘러보며 마른침을 꿀꺽 삼켰다.

가장 싫어하는 인간이라며 공공연하게 떠들고 다녔던 좌의정 최만섭이었다. 그자의 사랑채에 자신이 이른 아침부터 와 있을 줄 어느 누가 알았을까. 동지와 적이 바뀌어버린 지난밤을 생각하자 기분이 묘했다.

자라나면서 천천히 하나하나 포기당한 자와 모든 것을 다 가지고 있다가 일순 빼앗긴 자 사이에는 큰 차이가 존재했다. 전자가 좌절감과 비애감으로 가득 차 있다면, 후자는 분노와 상실감으로 가득 차 있다. 전자가 애초에 제 것이 아닌 것이 세상에 너무 많다는 것에 대해 슬퍼한다면 후자는 원래 제 것이었던 것을 억울하게 빼앗긴 것에 대해 분노했다. 형수는 전자였고, 동세는 후자였다.

가져보았을 때 얼마나 좋은지 알고 있었기에 되찾고 싶은 마음 역시 그 누구보다 강렬했다. 형수가 간과한 것은 바로 그런 부분이었다. 형수는 동세가 가진 권력욕이 자신과 같을 거라고 생각했으나,

전혀 아니었다. 동세는 형수가 상상도 못할 만큼 강하게 자신의 모든 것을 되찾길 바라고 있었다.

형수 앞에선 제 감정을 철저히 숨겼으나, 사실 동세는 형수와 자신도 다르다고 생각해왔다. 자신의 모친은 첩이긴 하나 몰락한 양반가의 딸이었다. 억울하게도 첩이라는 제도에 묶여 있을 뿐 동세는 철저하게 자신은 양반가의 적통이라고 생각했다. 그래서 더더욱 자신을 서얼이라 칭하는 자들에게 분노했다. 그것은 형수가 가진 세상에 대한 서러움과는 전혀 다른 종류의 것이었다.

그래서 동세는 형수가 덕이를 보며 느끼는 것들을 죽었다 깨어나도 이해할 수 없었다. 이제 와서 형수처럼 순순히 물러나고 싶지도 않았다. 자신이 잃은 것을 되찾을 수만 있다면 영혼이라도 팔 수 있었다. 비록 한때 친구였던 형수라고 해도 못 팔 이유가 없었다. 어차피 친구라는 건 처지와 상황이 달라지면 다시 사귈 수 있는 것 아니겠는가.

어제 형수가 쏟아낸 말을 떠올리며 동세는 다시 한 번 자신과 형수의 차이를 실감했다. 권력을 잡은 뒤 어떤 철학도 가지지 못했으니 권력을 가져선 안 된다니, 그게 무슨 개소리란 말인가. 권력은 일단 잡는 게 가장 중요하다. 잡기만 한다면 무엇이든 할 수 있는 게 권력이었다.

철학? 그딴 게 무슨 소용이라고. 나를 제외한 다른 이들을 왜 신경 써야 한단 말인가. 내가 놓친 것만, 억울하게 빼앗겨버린 것만 되찾으면 그뿐이었다. 형수가 그것을 되찾게 해줄 이라서 함께 했다.

형수가 그럴 수 없다면 다른 이를 찾아야 했다. 동세는 언제든 다른 이를 찾을 수 있었다. 아마도 얼마든지 찾을 수 있을 것이라고 생각했다. 능력은 뛰어나지만 근본적인 한계에 놓여 좌절해 있는 자들은 이 나라에 널려 있을 테니.

만섭이 사랑채로 들어서자 동세가 사람 좋게 웃으며 자리에서 일어났다.

노비와 여인들마저 구제해야 한다니 말도 안 되는 소리다. 동세는 심지어 모든 서얼을 다 구제할 필요도 없다고 생각했다. 어차피 자신은 그들과는 차원이 다른 존재였다. 자신만 구제되면 되었다. 자신만 다른 양반들과 어깨를 나란히 하고 벼슬에 나아가 가문의 영광을 드높일 수 있다면 족했다. 그것을 위해서라면 무슨 일이든 할 수 있었다. 누구와도 손잡을 수 있었다.

"박동세입니다."

만섭 앞에 동세가 부복했다.

"자네가 이른 아침부터 내게 어쩐 일인가?"

만섭의 눈이 가늘어졌지만 그 안의 눈동자는 쉴 새 없이 움직였다. 무슨 꿍꿍이를 가지고 자신을 찾아왔는지 알아내고야 말겠다는 눈빛이었다. 제 몸을 훑는 기분 나쁜 시선을 동세가 태연히 받아쳤다.

"긴히 드릴 말씀이 있어 실례를 무릅쓰고 아침부터 이곳으로 왔습니다."

"말해보게."

"그 전에…… 소인과 약조를 해주셔야겠습니다만."

"약조? 이 사람, 자네가 내게 무슨 말을 할 줄 알고 덥석 약조부터 한단 말인가?"

"세손마마와 관련된 일이온데, 궁금하지 않으십니까?"

만섭은 아침부터 찾아온 손님을 좀 더 살피고서야 입가에 보일 듯 말 듯한 미소를 물었다. 미끼가 생각보다 큰 고기를 잡을 만한 것이라고 신호를 보내고 있었다. 들어봐야 피라미를 잡는 게 고작일지 월척을 낚을 만한지 알겠지만 예까지 손수 찾아왔다는 건 낚여줄 만한 가치가 있는 떡밥을 가지고 왔다는 얘기다. 알아서 나타나준 것을 고마워해야 하나.

"천천히 이야기해보세."

한층 느긋하게 풀어진 만섭이 동세에게 차를 권했다.

동세에게 등 떠밀려 쫓겨나긴 했으나 형수는 어디로도 갈 수 없었다. 결국 밤새 형수는 동지의 집 근처를 서성였다. 해가 뜨면 다시 그를 설득해볼 생각이었다. 하룻밤 지나면 그도 생각이 바뀌지 않을까 기대했다. 무엇보다 한시가 급했다. 그러나 새벽부터 집을 나선 동세가 만섭의 집으로 가는 것을 본 뒤 형수는 친구에게 걸었던 기대를 접어야 했다.

자신과 동세가 많이 다르다는 것을 알고 있었다. 허나 같은 목적을 향해 달려가는 동지이기에 다름을 대수롭지 않게 여겼다. 그 작은 외면이 이리 큰 파장으로 제게 돌아올 거란 생각은 미처 하지 못했다.

동세가 만섭에게 가서 어디까지 말할지는 알 수 없었다. 자신만 살고자 했는지 동지들을 살리고자 했는지, 어떤 패를 보이고 어떤 거래를 했는지 짐작하기 어려웠다. 단 한 가지 확실한 것은, 동세가 덕이의 존재만큼은 만섭에게 알려줬으리라는 것이다.

자신이 덕이와 도망치는 순간 모든 일은 어그러진다. 동세가 피해를 최소화하면서 무엇인가를 얻을 방도는 덕이를 만섭에게 파는 것일 게다. 자신과 무리는 팔았을 수도 있고 아닐 수도 있지만 덕이는 팔았을 게 분명했다.

덕이를 구하자면 산이나 국영에게 가야 했다. 허나 덕이를 팔았다는 사실만으로 그들에게 갈 수는 없었다. 그것은 덕이만을 구할 뿐, 동세와 자신은 죽을 자리다.

무엇보다 동세의 패가 무엇인지 아직 알지 못하기 때문이었다. 그가 쥐고 있는 패가 무엇인지도 모르면서, 어디까지 보였는지도 모르면서 정확히 속내를 알 수 없는 상대에게 도움을 청할 수 없었다. 그렇다고 해서 그대로 가만히 동세가 상황을 알려줄 때까지 기다릴 수도 없었다. 미적거리다간 덕이는 죽은 목숨이 될 것이다.

어느 것도 쉬이 선택할 수 없는 상황이었다. 덕이를 잘못 빼돌리면 모든 일은 망가진다. 덕이를 그대로 내버려두면 죽을 수도 있다. 덕이가 위험에 처한 것을 산과 국영에게 알리면, 자신과 동세가 위험했다. 자신만 위험하자면 덕이를 살리는 길을 택할 것이지만 동세와 동지들의 위험까지 무릅쓰긴 어려웠다.

짧은 시간 선택의 변수를 궁리하던 마친 형수가 부부인 댁으로 향했다. 일단…… 덕이를 구해야 했다.

❄

형수가 덕이를 찾아갔을 때, 이미 덕이는 밤새 제 짐을 모두 싸놓고 있었다. 그 짐을 챙겨 부부인에게 이만 떠나겠다 인사를 드렸다. 부부인은 어찌 된 일이냐 걱정하면서도 자세한 것을 묻지 않았다.

"건강하여라."

부부인의 따뜻한 손이 덕이를 붙잡았다.

"그리고 꼭 소식 전해다오. 기다릴 것이다."

마음의 정이 깊었는지 어느새 눈에 눈물이 고였다. 부부인의 마지막 인사에 덕이는 결국 울음을 터뜨렸다. 부부인이 다정하게 등을 쓰다듬으며 달래주었다.

왕초를 키워준 스님이 머물고 있는 작은 암자가 한양에서 멀지 않은 곳에 있었다. 왕초와 몇 번 간 적 있어 스님과 형수도 서로 일면식이 있었다. 일단 사람들의 눈을 피하기엔 그곳이 가장 좋을 듯했다.

형수가 암자로 덕이를 데려가 스님에게 부탁했다. 스님은 말없이 암자 옆에 딸린 작은 집을 내주었다.

형수는 덕이를 받아준 것에 안도했으나, 덕이는 이곳에 머무는 것에 반대했다.

"왜 싫다는 게냐?"

"도성과 너무 가깝습니다. 왜 더 멀리 가지 않습니까? 왜 강을 건너지 않습니까?"

"당장 멀리 갈 수 없다. 준비가 되지 않았어."

그제야 덕이는 형수가 빈 몸인 것을 알아챘다.

"왜 도련님은 짐을 가져오지 않으셨습니까?"

"나는 이곳에 머물지 않는다."

"그게 무슨 말씀이십니까."

"너는 이곳에 있거라."

"네?"

"이곳에서 기다리고 있어라."

"도련님은요!"

덕이가 형수의 소맷자락을 잡고 매달렸다.

"다시 올 때까지 착하게 기다려야 한다. 어디 가지 말고, 밥 잘 먹고."

"다시, 다시 오십니까? 정녕 다시 오십니까?"

쉬이 거짓을 내뱉지 못하는 성품은 이런 곳에서도 쓸데없이 튀어나오고 만다. 말을 잇지 못하는 형수를 보던 덕이가 내려놓았던 보따리를 다시 집어들었다.

"같이, 같이 갈 것입니다. 도련님과 같이 갈 것입니다. 어딜 가든

따라갈 것입니다."

결연한 의지였다. 그 순간 형수는 월향이 예전에 해주었던 말이 떠올랐다. 사내를 따라 죽을 수도 있는 여자……. 하필 그 말이 떠오르자 왈칵 겁이 났다. 형수가 다급하게 덕이를 껴안았다.

"죽지 않겠다 약조해라."

"도련님!"

"내가 돌아오지 않아도, 죽지 않겠다 약조해라. 무슨 일이 있어도 여기서 건강하게 날 기다리겠다 약조해라. 어서!"

덕이가 억지로 저를 껴안고 있는 형수의 품에서 빠져나왔다. 침착하기 위해 애를 쓰고 있었으나 초조하고 불안한 마음은 숨길래야 숨길 수가 없었다. 떨리는 덕이의 두 손이 조심스럽게 형수의 도포 자락을 붙잡았다.

"어제…… 어제 일 때문이옵니까?"

"뭐?"

"제가 어제, 어제…… 그 나리랑 입을 맞대어…….'"

여자였다. 드세고 그악스럽고 천방지축이던 덕이도 이 나라 이 시대의 여인이었다. 고작 입술을 맞댄 것에 화가 나서 사내가 저를 봐주지 않을까 걱정하는 여자였다.

사내를 측간 앞에 세워두고, 왕 앞에서 배고파하는 당돌하고 대범한 아이가 고작 그 일로 떨고 있었다. 그 어느 때보다 덜덜 떨면서 불안해하고 있었다. 그 모습이 안쓰럽고 사랑스러워 형수가 덕이를 껴안았다.

형수의 품 안에서 덕이의 떨림이 멎었다. 조심스럽게 품에서 덕이를 떼낸 형수가 그대로 입을 맞추었다. 부드럽고, 다정하고 따뜻한, 달래는 듯한 입맞춤이었다. 긴 시간 입을 맞춘 후 덕이의 얼굴이 새빨갛게 달아올라 있었다.

"이게 네겐 처음인 것이다. 그렇지?"

덕이가 수줍게 고개를 끄덕였다.

"너는 살아야 한다. 네가 살면 내가 사는 것이다. 그러니 살아라."

자신이 되고 싶었던, 되었으면 했던, 그러나 될 수 없었던 그 모든 것을 가진 여자였다. 자신이 가르쳤으나 자신보다 더 뛰어난 여인이었다. 만약 조선이 개혁된다면 그것은 자기처럼 미욱한 사내가 아니라 덕이와 같은 여인의 손에서 이루어져야 할 것이다. 그러니 형수가 아닌 덕이가 살아야 했다. 덕이가 살아남아 규식과 혼인해 그 아이를 낳는다면, 그 아이가 권력을 잡는다면 그땐 정말 형수가 바라는 세상에 좀 더 가까워지게 될 것이다.

"네가 죽으면 나도 죽는 것이다. 그러니 살아야 한다. 약조하다오."

형수의 품에서 덕이가 조용히 무너져 내렸다. 당신의 손에서 모두 만들어진 것이니, 끝까지 책임지라 고함지르며 울어야 하는데 부탁하는 형수의 말이 너무 애절해 덕이는 그리할 수 없었다. 울면서 덕이가 힘겹게 고개를 끄덕였다. 형수가 그 어느 때보다 환하게 웃으며 덕이를 껴안았다.

이른 아침 규식이 집을 나섰다.

어제 덕이를 부부인 댁으로 데려다준 뒤 발걸음이 떨어지지 않아 오랫동안 그 앞을 서성였다. 불안한 마음에 밤새 뒤척이느라 뜬 눈으로 밤을 새웠다. 그리고 날이 밝자마자 집에서 나온 것이었다.

어제 두 사람이 함께 있던 모습이 눈을 감으면 방금 본 장면처럼 생생하게 떠올랐다. 덕이를 찾아가는 규식의 걸음이 빨라졌다.

"그곳에 없소."

대문 앞에 서서 막 사람을 부르려는 순간, 등 뒤로 인기척이 났다. 돌아보자 형수가 서 있었다. 순간 눈이 뒤집힌 규식이 멱살을 틀어잡았다. 타인에게 이토록 분노를 느낀 것은 태어나 처음이었다.

"어디 있느냐? 홍소저는 어디 있는 게야?"

"이곳에서 소란을 피울 참이오?"

되는 대로 잡혀주고 흔들리던 형수의 말에 규식이 그제야 멱살을 놓아주며 뒤로 물러섰다.

"따라오시오."

형수가 앞장서서 걷기 시작했다.

형수가 향한 곳은 동세와 은밀히 만나곤 했던 작은 암자였다. 육조거리와 가까우면서도 사람들의 시선에서 벗어난 조용한 곳에 자리하고 있었다.

암자에 들어온 형수가 자리를 잡고 앉았다. 그의 뒤를 무작정 따라 암자로 들어온 규식은 어이가 없었다.

"뭐 하는 짓이냐?"

"앉으시오. 앉아야 이야기를 할 것 아니오. 아니면 나와 치고 박고 싸우고 싶은 게요?"

"네게 들을 이야기가 없다. 홍소저는 어디 있느냐? 그것만 말해라."

"그 아이를 정녕 살리고 싶거든, 앉아서 내 얘길 들으시오."

올려다보는 형수의 두 눈엔 차마 다 표현할 수 없는 감정들이 뒤섞여 먹먹해 보였다. 내키지 않았지만 규식은 형수와 멀찍이 떨어져 앉았다.

"그 아이를 사랑하십니까?"

"그걸 내가 왜 그대에게 대답해줘야 하는가?"

"그 아이를 끝까지 지켜줄 수 있겠습니까. 가문으로부터 권력으로부터 지켜줄 수 있겠습니까. 그 정도로 그 아이를 사랑하십니까?"

형수의 두 눈이 그 어느 때보다 절박했다. 내내 외로 꼰 채 상대를 보지 않으려 했던 규식이 결국 담판을 짓지 않을 수 없겠다 싶었던지 형수 쪽으로 고개를 돌렸다. 날카롭게 빛나는 규식의 두 눈이 형수를 노려보았다. 그리고 묻고 있었다. 그 여자를 통해 네놈이 얻고자 하는 게 무어냐!

대답을 기다리는 형수는 심장이 오그라드는 기분이었다. 그에게 덕이를 보내고 싶지 않다. 보내지 않을 수만 있다면 무슨 짓이든 할 수 있을 것 같았다. 그러나 지금 형수는 덕이를 규식에게 보내는 것 외에는 할 수 있는 행동이 아무것도 없었다. 누구를 원망할 수도 없어, 그저 어리석은 자신을 자책할 뿐이었다.

동세가 어떤 패를 쥐고 있는지 모르는 지금의 상황에서 일단은 덕이를 살리는 게 우선이었다. 덕이를 살리고 나서 동세를 만나 자초지종을 들은 후 그 다음 일을 도모하면 될 것이었다.

규식이 나서준다면 동세가 사고를 쳤다 해도 일을 크게 벌이지 않고 수습해줄 수 있었다. 형수는 규식에게 마지막 기대를 걸고 있었다. 정적에게 연인과 제 목숨을 의탁할 수밖에 없는 이 상황이 우습고 서글펐다.

"나는 홍소저를 놓치지 않을 것이다. 절대 놓을 수 없다."

단호한 대답에 형수가 비로소 안도했다.

"그럼 지금부터 제가 하는 말을 잘 들으십시오. 그리고 꼭 덕이를 살려주셔야 합니다."

절박한 형수의 두 눈을 보며 규식이 고개를 끄덕였다. 형수가 규식에게 지금껏 있었던 이야기를 털어놓기 시작했다.

"그래서 너는 어쩔 생각이냐?"

규식은 만섭이 가장 귀애하는 자식이었다. 허나 지금 만섭의 시선은 자식을 보는 아비의 것이 아니었다. 제 앞에 앉은 이가 과연 동지인지 아니면 언젠가 돌아설지도 모를 사이인지 의심하고 있었다.

지금까지 살면서 봐온 가장 많은 배신은 혈육들이 그 주인공이었다. 피를 나눈 사이가 가장 위급할 때 등을 돌렸고 공격했다. 그건이 나라의 왕족들이 모범이라고 할 수 있었다. 자식도 아비를 배신한다. 아비도 자식을 죽일 수 있다. 만섭은 그 일말의 가능성을 자신에게도 열어두고 있었다.

"어찌 계집 하나에 모든 것을 다 걸 수 있겠습니까. 그저 그자를안심시키기 위해 그리 말했을 뿐 제 본심이 그러할 리 있겠습니까."

만섭은 그깟 계집 하나 때문에 휘청거릴 만큼 흔들렸던 아들의 모습을 떠올렸다.

"다만."

"다만?"

"전하께서 용태가 위급하시어 어젯밤에도 의식을 잃으신지라 오늘이나 내일을 넘기기도 어렵다 하니, 지금은 움직이기에 좋은 때가 아닙니다."

"전하께서 어젯밤에도 의식을 잃으셨다니? 어디서 그것을 들었느냐?"

만섭이 화들짝 놀라 등을 곧추세웠다. 그 바람에 허리 쪽으로 통증이 밀려들었다.

아버지의 과민한 반응에 갑작스럽게 기침이 난 규식이 콜록거리느라 바로 대답하지 못했다. 숨을 고르고 나서야 그는 속삭이듯 사정을 전했다.

"숙직한 뒤 아침에 퇴청하던 이와 우연히 만났습니다. 아직 아무도 모르는 일이옵니다."

"이런……."

"그러니 큰일을 도모하기보단 저희 역시 저희의 살길을 찾는 것이 이로울 것입니다."

"살길을 찾는다?"

"어차피 세손마마께서 보위에 오르시는 일은 더 이상 막을 수 없습니다. 지금 저희가 다른 세력을 키우기엔 시간이 촉박합니다. 만약 오늘이라도 전하께옵서 승하하시고 세손마마께서 보위에 오르신다면, 저흰 그저 역도의 무리가 될 뿐입니다."

"허면? 이대로 가만히 있자는 것이냐?"

"그럴 수야 없지요."

"좋은 생각이 있느냐?"

"저하와 거래를 해야지요."

"거래?"

"어차피 이 일이 밝혀지면 아버지나 저 역시 망신입니다."

만섭이 끙 소리를 내며 입으로 앓았다. 상황이 이 지경까지 오도록 감쪽같이 속았다 생각하니 다시 열불이 끓어올랐다.

"그러길래 내 애당초 그 계집은 이상하게 마음에 걸리더라니."

"허나 이 일이 밝혀진다면 세손 마마께도 좋을 리 없습니다. 거짓을 꾸며내신 것 아닙니까. 거짓도 그냥 거짓입니까. 노비를 양반 계집이라 속였습니다. 사대부들이 알면 천인공노할 일 아닙니까."

"그러니 그것을 공론화시켜 치고 올라가자는 것 아니냐. 군사도 다 있으니."

"중전 마마께옵서 그러라, 하시리라 생각하십니까?"

규식의 말이 옳았다. 영조의 병환은 너무 깊었고, 산의 세력은 점점 치올라오고 있었다. 전세를 뒤집기엔 시간이 촉박했고 궐 안에서 지아비를 잃은 중전은 어차피 산에게 의탁할 수밖에 없을 것이다. 중전이 역모까지 동의해줄 리 만무했다. 중전의 동의를 얻지 못한다면 규식의 말대로 만섭은 삼족이 멸해질 것이다.

"계속 해보아라."

"세손마마께 저희가 이 일을 덮어드린다고 하세요."

"덮어드린다?"

"네, 대신 보위에 오르시면 아버님에게는 영의정을, 제겐 우부승지를 달라고 하십시오. 그리고 내향에 있는 진짜 홍소저와 저는 혼인하는 겝니다."

그제야 만섭은 아들에게서 일말의 의심을 떨칠 수 있었다. 아들이 세운 결론은 그럴듯하고 보기 괜찮은 그림이었다. 위험 부담은 최소화하면서 얻을 수 있는 건 다 얻어내자는 것이니 그 정도면 감쪽같이 속은 대가치고 아주 손해는 아니다 싶었다.

"그 무리들은 어찌하면 좋겠느냐?"

"그 무리들은 감히 역모를 도모하려 한 서얼들의 무리로 축출하는 것입니다. 그 역당의 무리를 잡는 것은 저희여야겠지요. 그리고 그 역당의 무리를 잡아들인 대가로 저희는 또 상을 받을 것입니다. 그럼 아무도 이 일을 모릅니다. 저희는 망신당할 일이 없을 것이고, 저하께서는 말하실 수 없을 것이며, 그들은 입을 다물고 조용히 죽어 갈 것입니다."

만섭이 무릎을 쳤다.

"어서 입궐 준비를 하거라. 곧장 저하께 갈 것이다."

"그자에겐 뭐라 하시겠습니까?"

"사람을 보내 모처에서 군사들과 함께 기다리라 하면 될 것 아니더냐. 한곳에 몰아둬야 정리하기도 쉽겠지."

만섭이 느긋하게 보료에 몸을 기대며 수염을 쓰다듬었다.

푸드덕거리며 새가 날아오르는 소리가 산세 깊은 숲속을 울렸다.

발끝에서부터 가벼운 진동이 느껴졌다. 많은 인파가 몰려오고 있음을 산이 온몸으로 알려주었다. 동세와 무리들이 무사히 산을 빠져나가기를 바랐다.

오합지졸이 되어 도망치는 무리들은 한줌에 불과했다. 이제 와보니 고작 그들을 가지고 일을 도모하려 했던 자신이나 동세가 우습기 짝이 없었다.

일단 깃발을 든 뒤에 이것보다 더 세를 불릴 참이었다. 자신들이 들고 일어나면 자신과 같은 처지의 이들이 힘을 합칠 거라고 확신했다. 금방 세가 커지리라, 그리 생각했다. 돌이켜보면 참으로 부질

없는 꿈이었다.

아마도 끝내는 난을 일으키기 직전에 조정의 누군가와 결탁했을 것이다. 동세가 만섭을 찾아갔듯이 자신도 노론의 누군가를 찾아갔을지도 모를 일이다. 아마 하다하다 안 되면 제 아비 치영에게라도 도움을 청했을 것이다. 그래서 설사 일이 성공했다 하더라도 자신들을 도와준 기존 기득권의 뜻을 무시하지 못했을 것이다. 그들의 눈치를 살펴야 했기에 획기적인 변화 같은 건, 권력을 잡은 뒤에도 할 수 없었으리라.

역대 반정 끝에 권력을 잡은 모든 왕들과 권력자들이 그러했듯이 결국은 악취 나는 썩은 권력을 구차하게 붙들고 있는 것이 동세와 자신의 최후였을 것이다. 죽어간 피들이 허무할 정도로 끔찍한 결말을 맞이했을 게 자명했다.

긴 생각 끝에 다다른 결론은 비참했다.

어느새 무장을 한 국영이 형수 앞에 서 있었다.

그가 오기를 기다리고 있었던 것처럼 형수는 고개를 숙여 인사했다. 언젠가 국영과 마지막 대면한 모습을 그린 적이 있었다. 그때는 동지 같기도 했지만 결국 그는 심판자가 되어 최후의 현장에 등장했다.

"오셨습니까."

"이렇게 만나고 싶지는 않았는데."

그의 목소리엔 안타까운 기색이 역력했다.

이리 만나고 싶지는 않았지만 어쩌면 처음부터 이리 될 수밖에 없는 인연이었을지도 모른다. 하나씩 포기해가며 더 이상 기대하지 않겠다고 다짐했으나 그럼에도 불구하고 형수는 여전히 무언가에 기대어야만 그 다음을 꿈꿀 수 있는 처지였다. 어쩌면 제 처지에 꿈꿨다는 것 자체가 모든 것이 어그러져버린 시초였다.

절망이나 좌절만으로 세상을 보고, 그저 침 뱉고 돌아섰다면 적어도 지금과 같은 상황에 처하진 않았을 터다. 허나 형수는 제가 가지지 못한 것을 원했다. 지금과 다른 세상을 꿈꿨다. 계집조차도 애초에 제 몫이 아닌 아이를 사랑했다. 제 어미 월향이 그러했듯이 형수는 늘 제 손에 닿지 않는 것들을 갖고 싶어 했다. 그것이 불행의 시작이었다.

"그런데 그거 아나? 자네가 내게 오늘 연통을 하기 전부터, 저하와 나는 이미 알고 있었다네."

"그게 무슨……."

"궐에 올 때마다 측간을 간다고 자리를 빠져나가는 자네를 내가 이상하게 생각하지 않을 줄 알았나?"

"그건……."

"측간엘 간다던 자네가 갑자기 홍소저를 안고 나타났을 때 확신했지. 자네가 측간에 가질 않았다는 것을 말이야. 대관절 궐을 돌아다니며 무엇을 했기에 최대관과 함께 있는 홍소저를 보았단 말인가. 홍소저가 후원에 간다는 것은 자네에게 말하지 않았는데 말이지."

형수가 쉬이 말을 잇지 못했다.

"기회는 언제든 위기가 될 수 있는 것이라네. 저하는 자네들과 함께 새 시대를 열고 싶어 하셨으나 동시에 정치를 하신 걸세. 꿈을 꾼게 아니란 말이야. 자네가 말했듯이 자신의 뒤를 받쳐줄 이들로 자네들을 필요로 했을 뿐, 무슨 시혜를 베풀려 했음이 아니야. 언제든 다른 이가 그 자리를 차지할 수 있단 말이지. 누구든 저하에게 힘을 실어줄 수만 있다면 그 자리는 어느 누구로든 대체될 수 있어. 설사 그것이 좌의정이라 해도 안 될 것은 없지. 오히려 자네들보다야 근본이 확실한 좌의정이 저하에게 도움이 되지 않겠나.”

좌의정 김만섭의 얼굴이 떠오르자 형수의 얼굴이 순간 하얗게 질렸다. 그 위에 규식의 얼굴이 연이어 겹쳐졌다. 한 번도 그 부자가 닮았다 여긴 적이 없었는데 둘은 꼭 닮은 인물이 되었고 똑같은 입매로 자신을 조롱하는 얼굴이었다.

형수는 탄식했다. 규식을 믿었다. 적어도 그라면 덕이는 구해줄줄 알았다. 덕이를 구하기 위해, 규식이 동세와 손잡으려는 만섭을 막으리라 생각했다. 규식이 덕이를 진심으로 사랑한다고 만섭에게 고백하면, 아들 때문에 경솔히 움직이지 못하리라 확신했다. 만섭이 움직이지 않는다면, 동세 혼자서는 그 무엇도 할 수 없었다. 좌절한 동세와 무리들은 결국 흩어졌을 것이다.

형수 혼자 죄인이 되어 이 사건에 대해 입을 다문 채 죽어준다면, 모두를 구할 수 있으리라 생각했다. 덕이는 예정대로 규식과 혼인할 것이고, 동세와 무리들은 흩어질 것이며, 만섭은 이 모든 일을 덮을 수밖에 없을 것이며 산은 침묵할 것이다. 서얼허통법은 통과되지 못하겠지만, 산도 만섭도, 규식도, 덕이도 모두 안전할 수 있는 방법이었다. 그리 믿었다.

동세를 도망치게 할 때, 만섭이 배신을 했다고 동세에게 거짓을 말했다. 헌데 이젠 그것이 진실이 되었다. 산과 만섭이 손을 잡을 수 있다는 것은 형수가 미처 계산에 넣지 못한 것이었다.

"이제 알겠나. 자네가 무엇을 잘못했는지, 무엇을 놓쳤는지. 똑똑한 줄 알았더니 영 어리석었어. 고작 계집 하나에 정신이 팔려 이런 실수를 하다니 말이야. 고작 계집에게 모든 것을 걸다니, 이 얼마나 멍청한 일인가 말일세. 내 자네에게 아주 크게 실망하였네."

국영이 허리에 찬 칼을 스르릉 꺼내었다. 햇빛에 비친 칼날이 파랗게 빛났다.

"자네와 그 아이만 죽으면 이 이야기는 영원히 어둠 속에 묻힐 걸세. 좌의정에게 진짜 홍소저를 시집보내면 이 모든 일은 조용히 끝나게 될 거란 말이지. 저하는 우군을 얻으실 것이고, 좌의정은 망신을 면하게 될 것이며, 역도의 무리는 소탕될 것이니 완벽하지 않은가. 좌의정이 저하가 보위에 오르신 후 하시는 정책을 무조건 지지해주겠다 각서까지 썼으니 이제 더 이상 자네들은 필요 없지 않겠나."

국영이 단단히 칼을 그러쥐었다.

"군사들이 온 산을 뒤지고 있으니 곧 동세와 그 일당들이 잡힐 걸세. 왜 자네는 도망치지 않은 것인가?"

동세의 배신은 뼈아픈 것이었으나 그 배신을 탓할 수도 없었다. 마지막까지 의리를 지킨 것은 제가 동세보다 더 나은 인간이었기 때문이 아니라, 먼저 등 돌린 것이 자신이었기 때문이었다. 그래서 모든 것은 직접 책임지고 싶었다. 자신의 희생으로 동세와 덕이가 살기를 바랐다. 그리 규식에게 부탁했다.

"이제 와 무슨 말을 더하겠습니까."

"주상전하께서 승하하셨네."

한 시대가 종말을 고하고, 새 시대가 열리는 날. 예기치 않게 뜻밖의 장소에서 그 소식을 들었지만 형수는 담담할 뿐이었다. 굳이 애써 세상의 변화를 감지한다면 오늘따라 햇볕이 조금 따갑게 느껴진다는 게 고작이었다.

"조금 더 기다렸다면 자네의 세상이 되었을 것을. 어찌 그리 어리석었나."

누군가에게는 새로운 날일 테지만 형수에겐 어제와 다를 바 없는 오늘이었다. 조금 다른 햇볕으로 무엇이 그리 바뀔 수 있단 말인가.

"아니요, 기다렸다 한들, 어찌 저희 세상이 되었겠습니까. 출사를 한다 하여 저희 세상이 되었겠습니까? 이 조선은 사대부의 나라입니다. 그들 사이에 조금 머리를 들이민다 하여 무엇이 바뀌겠습니까. 결국 근본적인 변화 없이는 그 무엇도 바뀔 수 없을 것입니다. 덕이는 제게 그것을 알려주었습니다. 제가 가지고 있던 모순들, 머리라도 디밀어 그 세계에 속하고 싶던 추한 욕망을 보게 해주었습니다. 결국 저 또한 노비나 여인들을 짓밟고 올라가 승자가 되고 싶을 뿐, 제가 말하는 그럴싸한 사회는 말뿐이라는 것을요. 그래서 접는 것입니다. 제 모순을 이제야 깨달았기에 여기서 물러나는 것입니다."

"자네의 세상은, 다음 생에서나 볼 수 있겠군. 그 아이와 만나는 다음 생에서는 자네가 꿈꾸는 세상이기를 내 빌어주지."

죽는 것은 이미 각오한 일이었다. 세상에 미련 따위 없었다. 허나 확인해야 할 것이 있었다.

"그 아이도…… 그 아이도 죽었습니까."

"살아 있겠나. 일개 노비 아이가 사대부를 희롱하였는데."

형수의 눈에 원망이 가득 찼다.

"치사하고 비열하다고 생각하나? 어쩌겠나. 자네 말대로 조선은 여전히 이런 나라인 것을."

형수가 어금니를 꽉 깨물었다.

"그럼…… 잘 가시게."

국영이 칼을 높이 치켜들었다. 장검이 허공을 갈랐다.

나비의 꿈

"과인은 사도 세자의 아들이다. 선대왕께서 종통의 중요함을 위하여 나에게 효장세자를 이어받도록 명하셨거니와 전일에 선대왕께 올린 글에서 근본을 둘로 하지 않는 것에 관한 나의 뜻을 크게 볼 수 있었을 것이다. 예는 비록 엄격하게 하지 않을 수 없는 것이나, 인정 또한 펴지 않을 수 없는 것이니, 향사하는 절차는 마땅히 대부로서 제사하는 예법에 따라야 하고, 태묘에서와 같이 할 수는 없다. 혜경궁께도 또한 마땅히 경외에서 공물을 바치는 의절이 있어야 하나 대비와 동등하게 할 수는 없으니, 유사로 하여금 대신들과 의논해서 절목을 강정하여 아뢰도록 하라. 이미 이런 분부를 내리고 나서 괴귀와 같은 불령한 무리들이 이를 빙자하여 추숭하자는 의논을 한다면 선대왕께서 유언하신 분부가 있으니, 마땅히 형률로 논죄하고 선왕의 영령께도 고하겠다."

대신들을 소견하자마자 젊은 왕, 산이 가장 먼저 내린 명은 자신의 아버지에 대한 것이었다. 첫 번째 명이 사도세자에 관한 것이리라 꿈에도 생각지 못한 많은 이들이 두려움에 몸을 떨었다.

젊은 왕의 의지와 패기는 하늘을 찌를 듯했고 노쇠한 대신들은 막 권력을 잡은 산에게 감히 대항하지 못한 채 고개를 깊이 숙였다. 숨소리조차 크게 쉬지 못하는 대신들을 향해 산은 마지막으로 서얼허통법을 처리하라 명한 뒤 자리를 떴다.

산이 사라진 인정전에 남은 신하들은 누구 하나 쉬이 입을 열지 못한 채 멀거니 서로의 얼굴을 바라보기만 했다. 그때 서서 씨근덕거리던 만섭이 가장 먼저 자리를 박차고 나갔다.

"전하를 뵈러 가시는 거겠지요?"

"혼자 가시게 해도 될까요?"

"좌상께서 알아서 하시겠지요. 괜히 나섰다가 우리 같은 피라미들은 흔적도 없이 떠내려가기 십상이에요."

"맞아요. 우리는 그저 굿이나 보고 떡이나 먹읍시다."

낮게 소곤거리는 이들의 소리를 들으며 규식이 조용히 그 자리를 빠져나왔다.

만섭의 표정이 그 어느 때보다 결연했다. 그와 대조적으로 산은 그 어느 때보다 느긋해 보였다.

"안 그래도 내 좌상에게 따로 이를 말이 있었는데 잘 오셨소. 영의정께서 몸이 좋지 않아 쉬고 싶다 하시어 내 우의정을 영의정으로 삼고, 좌상을 우의정으로 하려 하는데 어찌 생각하시오?"

만섭의 턱이 덜덜 떨렸다. 애써 감정을 집어삼킨 만섭이 간신히 입을 열었다.

"전하, 어찌 대장부가 약조를 이리 가벼이 여기신단 말입니까?"

"약조라……. 내가 좌상과 약조를 하였던가?"

"분명 신이 전하께 각서를 써드렸습니다."

"그렇지. 좌상이 내게 각서를 써주었지. 나는 그 각서를 받았고, 허나 내가 그대에게 그대의 요구를 들어준다 답하진 않았소만."

미소 띤 산의 일갈은 서늘했다. 만섭의 머릿속이 혼란스럽게 뒤엉켰다. 어지러운 와중에 만섭이 며칠 전의 기억을 재빨리 더듬어 내려갔다.

"잘 생각해보세요, 좌상. 좌상이 최대관과 함께 와서 내게 홍소저의 일을 의논하였소. 그 일이 세상에 밝혀지면 과인이나 좌상에게 결코 이로울 게 없다는 말이었지. 박동세와 강형수가 역모를 준비하고 있다는 고변도 하였소. 허나 좌상은 이 모든 일을 조용히 덮겠다고 하시었소. 대신 관련자들을 좌상의 손으로 직접 처리하겠다 하기에 내 그러라고 했소. 허나 대신 역도를 처벌한 공을 인정해 달라고 하기에 내 그러겠다고 했지, 무슨 상을 내릴지는 답하지 않았소만?"

만섭의 얼굴에서 서서히 핏기가 사라졌다. 산은 태연히 말을 이었다.

"또 좌상은 내향에 있는 진짜 홍소저와 최대관의 혼인을 요구했소. 다른 이들이 절대로 덕이의 존재를 알아선 안 되고 혼사가 깨져서도 안 된다는 게 좌상의 주장이었소. 모두에게 알려진 대로 혼주 역시 그대로 나로 해달라기에 내 그것 역시 그러겠다 하였지. 대신 나 역시 좌상을 믿을 수 있게 각서 하나 써 달라 하였소. 기억하시겠지요? 좌상 말대로 이 일이 밝혀지면 사대부가 왕을 어찌 볼지 모르니, 이 일을 완전히 묻겠다는 약조의 각서였소. 더불어 좌상은 과인의 가장 강력한 우군으로서 과인이 보위에 오른 뒤 시행하는 첫 번째 정책은 그게 무엇이든 시행되도록 도와주겠다는 약속도 하셨소. 설마 좌상이 그 각서를 쓰신 것을 잊으신 게요?"

"잊지 아니하였습니다. 바로 그 약조의 대가로 전하께서는 제게는 영의정을 저희 아들에게는 우부승지 자리를 주겠다 하신 것 아니옵니까."

"아니지. 좌의정이 각서를 쓰면 그리해주겠냐 했을 때, 나는 대답하지 않았소. 기억을 더듬어보세요. 각서에 그리 쓰고 싶다 하여 내가 그랬지. 그런 것을 남겼다가 만약 그 각서가 밖으로 새어나가기라도 하면 좌의정과 최대관이 우스워질 것은 물론이거니와 앞날 창창한 아들의 명성에 흠이 될 수도 있다고 말이오. 그러니 좌상도 그렇다고 인정하지 않았소?"

그랬다. 그리고 규식 역시 각서에 그러한 내용을 남겼다가는 자칫하면 산과 결탁한 것처럼 보일 뿐만 아니라 불필요한 오해를 살 수도 있다며 각서에 그 내용을 적는 것을 말렸다. 그래서 적지 않았다.

"허나 구두로……."

"나는 좌상의 요구에 한 번도 그러마, 하고 답한 적이 없소이다."

온몸의 피가 단 한 방울도 남아 있지 않은 사람처럼 만섭의 얼굴이 창백해졌다. 산의 말이 맞았다. 그날, 산은 결코 벼슬에 대한 만섭의 요구에 대답하지 않았다. 그러나 만섭은 산이 확답했다고 생각했다.

그날의 분위기는 매우 부드러웠으며 물 흐르듯 흘러갔다. 만섭이 일을 크게 벌이지 않은 것에 대해 산은 고마워했다. 벼슬을 올려주겠다, 라는 말만 하지 않았을 뿐 규식이 우부승지로서 부족하지 않다고 거듭 규식의 인품을 칭찬했으며, 영의정이 사직서를 냈다는 말을 하며 만섭을 지긋이 바라보았다. 은근히 비게 될 영의정 자리가 만섭의 자리라고 말하는 듯한 태도였다. 그래서 체면상, 상황상, 산이 '그러마'라는 말만 하지 않았을 뿐 모든 일은 다 자신의 뜻대로 되었다고 생각했다. 이리 뒤통수를 맞을 줄은 꿈에도 몰랐다.

"전하."

"그 각서엔 모든 것이 쓰여 있소. 좌상과 최대관이 노비 계집애에게 속았다는 것, 혼인을 홍소저랑 하기로 했다는 것, 동세와의 거래 그리고 내 정책을 지원해주겠다는 내용까지 말이오. 근데 거기 뭐가 없는지 아시오? 내 이야긴 없소."

그제야 속고 만 데서 기인하는 공포감이 만섭을 덮쳤다. 이건 노비 계집을 미끼로 한 낚시에 걸려들 때와는 차원이 달랐다. 자칫 잘못 놓는 한 수가 가문을 폐가로 만들 수도 있었다. 등 뒤로 식은땀이 배어나왔다.

각서는 일방적으로 만섭이 쓴 것이기에 거기 산의 이야기는 들어 있지 않았다. 오로지 만섭의 입장과 만섭과 규식이 겪은 일들만 적혀 있을 뿐이었다. 쓸 때는 그것이 문제될 줄 몰랐다. 오히려 상세하게 쓸수록 산의 발목을 잡을 수 있으리라 생각했다.

"게다가 내겐 박동세가 죽기 전에 자백한 각서도 있다오. 지금 그 자는 육조거리 앞에 머리가 걸려 있지."

만섭이 두려움에 찬 눈으로 산을 보았다.

"어쩌시겠소, 우의정 대감?"

사도세자가 뒤주에 갇혀 죽었을 때 산의 나이 고작 열한 살이었다. 그 어린아이가 아비를 살려 달라 제 발아래 매달려 빌었을 때 만섭은 코웃음을 치며 외면했다. 그런데 그 아이가 왕이 되어 지금 자신을 보며 한없이 인자하게 웃고 있었다. 노려보는 것보다 화를 터트리는 것보다 더 끔찍하게 무서운 미소였다.

"통촉하여 주시옵소서, 전하."

만섭이 부들거리는 손으로 바닥을 짚으며 고개를 숙였다. 사시나무 떨리듯 만섭의 두 어깨가 사정없이 떨렸다.

만섭의 사랑채에 상복을 입은 이들이 모였다. 흘깃거리며 서로의 눈치를 살피는 이들의 표정은 지극히 어두웠고, 행동거지는 매우 조심스러웠다. 아무도 쉬이 먼저 입을 열지 못했다.

만섭은 말없이 각죽만 빨았다. 흰 담배 연기가 쉴 새 없이 피어올랐다. 결국 갈급증을 이기지 못한 병판이 손으로 연기를 내저으며 만섭에게 단도직입적으로 물었다.

"어찌하실 생각이십니까?"

"무엇을 말인가?"

만섭이 고스란히 되묻자 병판은 꿀 먹은 벙어리가 되었다. 지금까지 늘 정치의 방향을 제시해준 건 만섭이었다. 모든 정치의 출발이 그의 입에서부터 시작되었다. 난데없이 왜 자신에게 질문을 던지는 것인지 병판은 이해할 수 없었다.

"어찌할 수 있는가, 우리가! 전하께서는 막 보위에 오르셨고, 대비마마께옵서는 전하에게 힘을 실어주고 계시네. 정권 초기는 가장 권력이 막강할 때야. 몸을 가벼이 움직여 눈 밖에 나고 싶으신가?"

버럭 내뱉는 만섭의 고함소리에 병판이 주춤하며 뒤로 물러앉았다. 여기저기서 낮은 한숨소리가 터져 나왔다.

"허면 이대로 가만히……."

"이대로 가만히 있고 싶지 않으시면 생각을 한 번 해보시게. 여기 몰려와서 내 얼굴만 쳐다보고 있지 말고 각자 머리를 굴려보란 말일세. 나는 뭐 자네만 못해서 이러고 있는 것 같은가? 방도가 없지 않나, 방도가. 답답하면 자네가 좋은 수를 찾아오시든가!"

평정을 잃은 만섭의 호통에 방안에 앉은 이들이 모두 놀라 움찔했다. 주변을 둘러보던 이판이 이만 일어나자는 눈짓을 병판에게 보냈다.

"오늘 대감의 심기가 많이 불편하신가 봅니다."

"왜 아니 그렇겠습니까. 이리 뒤통수를 맞았는데."

"우리도 이만 갑시다. 최 대감께서도 쉬셔야지요."

"그럽시다."

이판과 병판이 대충 인사를 하고 자리에서 물러나왔다. 앉아 있던 다른 이들도 슬금슬금 자리에서 일어섰다. 고개를 외로 꼰 만섭은 인사를 하는 사람들을 쳐다보지도 않았다. 순식간에 썰물 빠지듯 모두 나간 방안이 텅 비어 쓸쓸했다.

"아니 대체 왜 저러시는 겐가. 그 역당의 무리까지 잡아들여줬으면 응당 큰소리 칠 수 있는 일이거늘, 무에 책잡힌 게 있어 저리 납작 엎드리시는 거냔 말일세."

"모르겠나? 아, 전하께서 혼주로 혼례를 치러주시질 않나. 왕가와 사돈을 맺는 거나 진배없으니 이제 우군이다, 이거지."

"아무리 그래봤자 자식도 없는 중전마마의 사촌동생일 뿐일세. 그게 무슨 왕가인가."

"헌데 나 아주 이상한 이야기를 들었네."

"무에 말인가?"

"내 내향에 아는 이가 있어 최대관이 혼인한다는 그 집에 대해서 물어보지 않았겠나?"

"그런데?"

"물어봤더니 중전마마의 종질녀는 한 번도 그 집을 떠난 적이 없다는 게야. 게다가 오라비는 과거 공부한다고 절에 들어간 지 오래라더군. 한양에 갔다니 무슨 말도 안 되는 소리냐고 나한테 되묻더라니까."

"아니 그게 무슨 소리인가? 그럼 한양에 온 그 오라비랑 여동생은 누구야?"

"내 말이 그 말일세. 희한하지 않나? 내향에선 혼인에 대해서 금시초문이더라니까?"

"에이, 자네 무엇인가 잘못 안 것이겠지. 부부인 댁에서 머물고 있다는데 부부인이 종질들 얼굴도 몰라볼까."

"그래. 게다가 전하께서 혼주를 해주신다질 않나? 도깨비놀음에다 같이 놀아나는 게 아니라면 이게 말이 되나?"

"아, 그러니 귀신이 곡할 노릇이지. 내향에선 전혀 모르는 말이라고 하더라니까."

"이 사람 안 그래도 심란한데 어디서 이야기를 잘못 듣고 와서는 헛소리를 하고 있는 게야?"

"그 사람이 뭔가를 잘못 알았겠지. 혼인도 안 한 계집을 한양까지 보냈다가 소문이 잘못 나 혼삿길 영 막힐까봐 겁나서 이웃 사람들에게 쉬쉬한 것 아닌가?"

"그런가……."

"괜한 소리 하지 마시게. 잘못했다간 우리만 우스워지니까."

"더운 밥 먹고 쉰 소리하고 싶나. 안 그래도 심란한 판에……."

"이 사람이, 사람한테 쉰 소리라니!"

한 덩어리로 뭉쳐 웅성거리던 이들이 사라진 마당은 고요했다. 멀리서 상복을 입은 사람들이 대문을 다 빠져나간 것을 확인한 규식이 사랑채 쪽을 바라보았다. 만섭이 각죽을 비워낸 뒤 새로 채우고 있었다.

각죽을 새로이 빨아들이는 만섭의 양 어깨가 구부정하니 굽어 있었다. 차마 더 오래 그 모습을 보지 못하고 규식이 고개를 돌렸다.

쓸쓸해 보이는 아비의 뒷모습을 보자, 규식은 제가 한 선택에 자신이 없어졌다. 나름대로 할 수 있는 한, 최선이라 생각했다. 모든 것을 놓칠 수는 없었으니, 어쩔 수 없는 일이었다.

크게 숨을 들이쉬고 규식이 발걸음을 옮겼다. 산을 만나야 했다. 자신과 한 거래만큼은 절대 물릴 수 없음을 다시 한 번 확인받아야 마음이 놓일 것 같았다.

즉위하자마자 산은 자신이 원하던 일들을 강하게 밀어붙였다. 서얼허통법을 시행했으며 규장각을 새로이 단장했다. 곧 규장각으로 서얼들을 모을 것이라는 소문이 파다했다.

다들 심사가 뒤틀리고 누가 나서 반대의 목소리를 내주길 바랐으나, 그 누구도 노골적으로 반대 의견을 내지 못했다. 홍낭청은 승정원의 동부승지가 되어 산의 손과 입이 되었다. 기세등등한 국영을 막을 자는 조정에 아무도 없어 보였다.

노쇠한 벼슬아치들은 보위에 오른 산이 무엇을 얼마나 할 수 있겠느냐며 자신들의 권세를 과신했다. 그러나 산은 그런 이들을 비웃듯이 쉼 없이 일을 했다. 새로 즉위한 젊은 왕이 일으킨 많은 변화를 보며 혹자는 새로운 꿈을 꾸었고, 혹자는 가진 것들이 눈앞에서 순식간에 사라질까 전전긍긍했다.

아버지의 신원을 복위한 산은 곧장 불령한 무리들을 처단했고, 연이어 자신을 위협했던 척신들 역시 처리했다.

거침없는 산의 행보에 많은 이들이 갈대처럼 흔들렸다. 결집되어 있던 세력들은 살기 위해 모래알처럼 흩어졌다. 죽어가는 자들로 인해 느껴지는 위기감은 아슬아슬하게 위기를 피한 자들에 대한 시샘으로 이어졌다. 만섭의 집에는 더 이상 사람이 모이지 않았다. 다들 눈치를 살피고 쉬쉬하며 서로를 경계했다. 어제의 동지를 오늘은 믿을 수 없는 시기였다.

봄이 되었으나 여전히 사람들의 마음속은 겨울이었다. 그러나 흉흉한 가운데도 규식의 혼인은 착착 진행되고 있었다. 영조의 승하로 인해 혼례일이 조금 미뤄지긴 했으나 여전히 산은 혼주였고, 혼인이 부부인의 집에서 치러지는 것도 변함없었다.

우의정이 되고도 아무 일 없는 것처럼 조용한 만섭을 보며 사람들은 뒷구멍으로 뭘 얼마나 약조받은 거냐고 비아냥거렸다. 혼인을 둘러싼 근거 없는 소문들 역시 성행했다.

내향에 있는 진짜 중전의 사촌동생이 아니라더라, 다른 여자에게 속았다, 산과 만섭이 뒤로 다른 계략을 짠 것이다, 등등의 뜬소문들이 사대부들의 집 담장을 넘나들었다. 그러나 그 어느 것도 제대로 확인 된 것은 없었다.

사람들의 수군거림 속에서 드디어 규식과 홍소저의 혼례날이 밝았다. 말에 오르는 규식의 곁에 선 만섭의 표정은 매우 복잡했다. 만섭은 이 혼인이라도 하겠다고 산에게 고집 부린 것이 과연 옳은 일이었나, 혼란스러웠다. 규식이 그리하겠다 하긴 했으나 애초에 정을 준 계집도 아니지 않는가.

혼인을 앞두고 만섭은 심란한 마음에 잠을 제대로 이루지 못했다. 그나마 만섭에게 위로가 되었던 것은 뒤늦게 받아본 진짜 홍소저의 사주가 규식과 맞춘 것처럼 딱 맞아떨어졌다는 것이다.

아무 일도 없었다는 듯이 침착하고 평온해 보이는 아들을 보며 만섭은 이번엔 제발 잘 살아주기를 바랄 뿐이었다.

"다녀오겠습니다."

규식이 고개 숙여 인사했다. 어제 산은 규식에게 우부승지 자리를 하사했다. 규식이 승진한 것으로 만섭은 그동안 제 속이 썩은 것을 어느 정도 보상받는 기분이었다. 규식의 승진은 다시 한 번 사람들로 하여금 산과 만섭의 관계를 의심하게 했다. 속내를 까뒤집어 보여줄 수도 없는 만섭은 답답해 가슴이 터질 지경이었으나 단 한마디의 해명도 할 수 없었다.

말은 빠르지도 느리지도 않게 걸었다. 길에 나와 있는 사람들이 규식을 보며 귀엣말을 했다. 훤하게 잘생긴 외모에 여인네들은 감탄했고, 사내들은 질투했다. 그러나 저만의 생각에 깊이 잠겨 있는 규식은 그 모든 것들이 하나도 보이지 않았다.

자신이 했던 선택이 과연 최선이었을까, 옳았던 걸까……. 몇 달 동안 지겹도록 복기하고 또 했던 그 일을, 혼인하러 가는 길 위에서 또다시 떠올리고 있었다.

상왕의 승하 전으로 그의 기억이 거꾸로 돌려지고 있었다. 가장 먼저 규식은 두 팔 안에 새 한 마리가 떨고 있던 울림이 생생하게 떠올랐다.

자신에게 붙들린 가냘픈 두 어깨는 정말 한 마리 새처럼 바들바들 떨리고 있었다.

안쓰러웠으나 그것을 위로해주기엔 당시 규식의 분노가 너무 컸다. 조금도 떨어지지 못하게 단단히 두 어깨를 감싸 쥔 규식이 부부인의 집 대문 앞에서 멈춰 섰다.

"들어가시오."

어깨에서 팔을 내린 그가 두어 걸음 뒤로 물러섰다. 덕이는 움직이지 않았다. 규식이 침착하게 기다렸다. 한참의 시간이 흐른 뒤에야 덕이가 그를 마주보고 섰다.

"저는……."

"밤이 늦었소. 어서 들어가시오. 자세한 얘기는 나중에 듣겠소. 이 밤에 듣기엔 적절치 않을 성싶소."

듣고 싶지 않았다. 저 입에서 나올 말이 두려웠다. 덕이가 더 이상 말하지 못하도록 비스듬히 열린 대문을 활짝 열었다. 열린 대문 사이로 고갯짓 하며 덕이를 재촉했다. 결국 등 떠밀린 덕이는 도망치듯 대문 안으로 들어섰다. 규식이 서둘러 문을 닫았다.

문이 닫힌 대문 앞을, 높은 담 아래를, 어두운 거리를, 규식은 오랫동안 서성였다. 무엇이 어디서부터 어떻게 된 일인지 생각하고 또 생각했다. 조금씩 어긋나 있던 조각들을 맞추었다. 묘하게 이해되지 않았던 순간순간들이 하나씩 제자리를 찾아가기 시작했다.

그날 막 쏟은 얼룩이라기엔 오래된 것처럼 우글거렸던 치마의 얼룩이 생각났다.

나비와 미묘하게 색감이 달랐던 포도의 그림도 떠올랐다.

난데없이 자신을 후원으로 심부름 보낸 호판과 기다렸다는 듯이 쓰러졌던 홍소저. 그리고 어디선가 본 적 있는 것처럼 느껴졌던 홍소저의 오라비도 차례로 규식의 머릿속을 스치고 지나갔다.

그 오라비가 자신에게 여동생이 없다는 것을 알고 있는 게 이상했었다. 그저 어디서 풍문을 들었겠거니 하고 넘기긴 했지만 말이다. 그래, 그 중에서 가장 이상한 것은 혼인하겠다는 자신을 앞에 앉혀두고 난데없이 서얼허통법을 말한 산이었다.

집요하게 홍소저와 서얼들을 같은 선상에 두고 이야기를 파고들었던 그에게까지 생각이 미치자, 서성이던 규식의 걸음이 그 자리에 멈춰 섰다.

몸을 돌린 규식이 빠른 걸음으로 궐을 향해 뛰듯이 걷기 시작했다.

어긋났던 톱니바퀴가 제자리를 찾아가자 어지러울 정도로 순식간에 모든 것들이 맞물려 돌아가기 시작했다. 한꺼번에 쏟아진 진실은 규식이 감당하기엔 힘든 것들이었다. 그리고 그 모든 일의 화룡점정은, 바로 산과의 독대였다.

늦은 밤이었으나 산은 깨어 있었다. 마치 기다리고 있었다는 듯, 늦은 밤 찾아온 자신을 편안하게 맞이하는 그 태도에 규식은 제 의심을 확신했다.

"왜 그러셨습니까?"

"무엇을 말인가?"

"무엇을 묻는지 아시지 않습니까?"

"내가 왜 그랬다고 생각하는가?"

살아남아 위기의 순간들을 하나씩 넘기면서 산은 쉬이 제 속내를 드러내지 않게 되었다. 특히 상대가 아군인지 적군인지 알 수 없을 때는 더더욱 그러했다. 산은 대답대신 관찰하는 시선으로 상대를 보았다. 숨을 몰아쉬며 규식은 침착하려 애썼다.

"무엇을 원하셨던 것입니까?"

"무엇을 원했던 것 같은가?"

이런 식의 대화는 무의미했다. 규식은 질문을 바꾸었다.

"홍소저는…… 그 이는 누구입니까?"

"덕이라는 노비다. 강치영 대감 댁의 노비였다. 노비인 주제에 혼인하기 싫다고, 노비가 혼인하면 노비밖에 더 낳겠느냐고 고집을 부리는 당돌한 아이였다. 강형수가 그 아이를 데려다 교육을 시켜 요조숙녀로 만든 것이다."

규식이 괴롭게 두 눈을 감았다. 어찌나 어금니를 꽉 깨물었던지 아래턱이 덜덜 떨릴 정도였다. 감은 눈꺼풀 아래 그의 두 눈동자가 혼란스럽게 움직였다. 한참의 시간이 지난 후에야 규식이 눈을 떴다. 반질거리는 두 눈 가득 원망이 어려 있었다.

"제가 무엇을 해드리면 되옵니까?"

"자네는 무엇을 원하는가?"

"홍소저와 혼인하게 해주십시오."

"어느 홍소저 말인가?"

"어느 홍소저라고…… 생각하십니까?"

얼마의 시간이 흐른 후 산이 가볍게 웃으며 고개를 끄덕였다.

"그럼 저하께서 원하시는 대로 일이 되도록 아버지를 움직여보겠습니다."

"나를 위해서가 아니지."

"……."

"그리하지 않으면 홍소저가, 아니 덕이의 목숨이 위험해질 테니 그리해야 하지 않겠나. 사랑하는 여인이 눈앞에서 죽어가는 걸 지켜볼 자네가 아니지 않은가."

대답 없이 규식이 자리에서 일어났다. 그때 밖에서 다급한 발소리
가 들려왔다.

"저하, 주상전하께옵서 의식을 잃으셨다 합니다."

"뭐라? 알았다."

자리에서 일어난 산이 빠른 걸음으로 규식을 스치고 지나갔다.
찰나의 순간, 규식은 이 사실이 제 아비를 움직이는 데 더 유리하게
작용할 것이란 생각이 들었다. 어느새 그는 왕의 승하보다 그것이
제게 어떤 영향을 끼칠지 계산하고 있었다. 제 아비가 늘 말하던 정
치를 이런 식으로 배우게 될 줄은 몰랐다. 자괴감에 휩싸인 규식이
무거운 발걸음을 옮겼다.

덜그덕거리며 움직이는 톱니바퀴가 그 다음에 가리킨 것은 동세
였다.

산을 만난 그날 밤 그는 밤새 잠을 이루지 못했다. 뜬 눈으로 밤을
새운 뒤 이른 아침 일찍 조반도 들지 않고 집을 나섰다. 집을 나서면
서 규식은 박동세가 만섭의 사랑채로 들어가는 것을 보았다.

어린 시절 정실부인의 자식처럼 키워졌던 까닭에 동세는 규식의
친구들과 함께 어울렸다. 서얼이라는 게 뒤늦게 밝혀지면서 그는 규
식과 친구들의 무리에서 쫓겨났다. 십여 년 전의 일이지만 규식은
그를 똑똑히 기억하고 있었다.

규식이 형수와 어울린다는 이야기를 제 친구에게 전해들은 적이
있었다. 역시 서얼은 서얼끼리 잘 맞는 모양이라며 그 친구는 가볍

게 낄낄거렸다. 그런 동세가 이른 아침 일찍 자신의 집을 찾아왔다. 규식은 본능적으로 동세가 홍소저의 일 때문에 이곳에 왔음을 직감했다.

일이 무엇인가 틀어지고 있는 게 분명했다. 어쩌면 제가 손을 쓰기도 전에 모든 게 어그러질지도 모른다 생각하자 머리가 핑 돌았다. 가벼운 현기증을 느끼며 규식이 재빨리 노복을 불렀다.

"아버님이 피곤하시어 어젯밤 늦게까지 잠을 이루지 못하셨다. 사랑채의 손님이 왔다고 말씀드리지 말고 기침하실 때까지 기다리거라. 지체가 높으신 분이 아니니 기다리게 하여도 된다."

"예."

노복에게 단단히 이른 뒤 서둘러 집을 나섰다.

부부인의 집으로 향하는 그의 머릿속은 실마리도 찾을 수 없는 엉킨 실타래처럼 복잡했다. 대체 부부인에겐 무어라 말을 하고 홍소저를 빼돌려야 할 것인가, 자신의 말을 홍소저가 믿고 따라줄 것인가, 수없이 많은 생각들이 떠올랐다. 허나 무엇 하나 자신에게 명쾌한 답을 주는 것은 없어 답답하기만 할 따름이었다.

대문 앞에 선 규식이 막 사람을 부르려는 순간 뒤에서 기척이 났다. 본능적으로 그것이 형수임을 직감했다.

"그곳에 없소."

규식이 익숙하지만 들을수록 참담함을 느끼게 하는 목소리의 주인공을 찾아 천천히 고개를 돌렸다. 하얗게 질린 낯빛의 형수는 매우 초조해 보였다. 규식은 그 몰골을 보는 순간 생각보다 쉽게 그를 몰아넣을 수 있겠다는 자신감이 생겼다.

어쩌면 지금 제가 아는 것보다 형수가 더 많은 것을 모르고 있다면! 제가 쥔 패가 더 많다면 해볼 만했다. 규식은 더 이상 형수에게 휘둘리지 않으리라 마음속으로 단단히 결심했다.

형수는 규식에게 모든 일을 솔직하게 털어놓았다.

동세의 움직임과 그로 인해 덕이가 받을 피해. 그래서 덕이를 근처 암자에 숨겨두었다는 사실까지. 형수의 이야기를 모두 듣고 난 후 규식은 의아해졌다.

"나를 어찌 믿고 모두 말하는가?"

"어차피 모든 책임은 제가 질 것입니다."

"허면?"

"덕이만, 그 아이만 살려주십시오. 그것은 해주시리라 믿습니다. 그럼 그것으로 족합니다."

그는 직감했다. 이자는 모든 것을 다 걸었다는 걸. 그 노비 아이에게. 자신도 그럴 수 있을까? 확신할 수 없었다. 그러자 바로 그 순간 규식은 형수를 죽이고 싶어졌다.

자격지심이었을 것이다. 홍소저를 좋아했다. 곁에 두고 싶었다. 그런 여인은 맹세코 처음이었다. 그러나 과연 형수처럼 제 모든 것을 걸 수 있을지는 자신할 수 없었다. 잠깐의 부러움 뒤에는 섬뜩한 질투와 상실의 공포가 짙게 남았다. 그러할 수 없는 스스로에 대한 혐오와 저런 사내에게 제 계집을 빼앗길지도 모른다는 두려움이 규식을 엄습했다.

"모든 책임은 그대가 진다고 하였지?"

"네."

"그럼 나는…… 그 아이만 구하겠네."

단호하게 대답하며 규식이 몸을 일으켰다.

그가 나간 빈자리를 쳐다보다 형수가 체념한 듯 고개를 떨어뜨렸다.

덕이만 가지면 된다고 생각했다. 온전하게 가지고 싶었다. 형수가 사라졌으면 좋겠다고 생각하는 스스로가 치졸하다고 자조하면서도 규식은 형수가 없어지길 바랐다.

역당의 우두머리로 박동세가 육조거리 앞에서 효수되었다. 만섭에게 배신당한 동세는 끝까지 만섭을 끌고 들어가려 했으나, 산은 동세를 잡기 위해 부러 함정을 만든 것이라며 만섭을 두둔했다.

만섭과 국영이 보낸 군사들로 역당의 무리를 모두 일망타진한 것 역시, 만섭이 빠져나갈 수 있는 구멍이 되었다.

수많은 죽음들 속에서 규식이 찾았던 것은 오로지 형수였다. 그러나 형수의 행방은 묘연했다. 살았는지 죽었는지 아무도 몰랐다. 기막히게도 어느새 역모는 동세 혼자만의 단독범행이 되었다. 어디에도 형수의 이름은 나오지 않았다. 결국 규식은 국영을 찾았다.

국영은 형수가 절벽에서 굴러 떨어졌기 때문에 시체를 찾을 수 없었다고 했다. 그 말을 온전히 믿을 수 없었다. 규식은 형수가 살아 있을까 봐 불안했다.

치영의 집 주변에 사람을 보내보기도 하고 옥루각의 동향을 살펴
보기도 했다. 허나 양쪽 모두 마치 처음부터 없었던 사람마냥 형수
에 대한 흔적은 깨끗이 지워진 뒤였다. 초조해졌다. 자신 없는 스스
로의 모습이 끔찍하게 혐오스러우면서도 도저히 뻗쳐나가는 생각
을 멈출 수가 없었던 것이다. 굽어가는 제 아비의 등을 모른 척하면
서 산을 도왔다. 그런데 그 보답을 받을 수 없다면, 자신은 병신춤을
춘 것에 불과했다.

견디다 못한 규식이 다시 은밀히 산을 찾아갔다.

"제 청을 들어주실 것으로 압니다."

그러나 산은 대답 없이 그런 규식을 바라보기만 했다. 애가 닳
았다.

혼인을 위한 준비는 계속되고 있었다. 그쯤 되자 규식은 이제 정
말로 혼란스러웠다. 자신이 혼인하는 홍소저가 누구인지 스스로도
알 수 없었다. 누구에게 따져 물을 수도 없는 노릇이었다. 답답함에
가슴이 터질 것 같았다.

규식이 덕이를 만나보기로 결심한 것은 그때쯤이었다.

암자에 있다는 덕이를 은밀히 사람을 보내 보호해왔으나 직접 찾
아가진 않았다. 들려오는 소식에 의하면 덕이는 의연했고 도망치려
시도하거나 식음을 전폐하지도 않고 잘 지내고 있다고 했다. 혹시
나 형수와 만나고 있는 것은 아닌가 염려했으나 지켜보는 이들이 덕
이가 찾아가는 이도, 덕이를 찾아오는 이도 없다고 단언했다.

제 마음과 상황이 정리되기 전까지는 보지 않겠다고 마음먹었으나 시간이 지날수록 평온해지기보단 더 불안해지는 스스로를 어쩌지 못해 규식은 위험을 무릅쓰고 덕이를 찾아갔다.

덕이는 규식을 보고 반가워하지도 놀라워하지도 않았다. 잘 지내고 있다는 말은 잘못된 것이었다. 덕이는 넋이 나가 있었다. 다 죽어가는 사람처럼 두 눈은 빛을 잃은 채 멍했다. 그저 숨만 쉬고 있었다. 다른 양반가의 계집들이 그러하듯이.

"박동세는 역당의 수괴로 죽었습니다. 그 무리들이 모두 소탕되었습니다. 강형수는 절벽에서 떨어졌다 들었습니다. 시체는 찾지 못하였으나 아마 살아남지 못했을 것입니다."

덕이의 눈빛이 흔들렸다. 규식을 만난 뒤 처음으로 덕이의 눈에서 드러난 감정이었다.

"소저와 나는 곧 혼인할 겁니다. 지금도 준비 중에 있습니다. 소저는 홍소저로서, 내 부인이 되는 겁니다."

덕이가 규식에게서 등을 돌린 뒤 한 걸음 앞으로 걸어갔다. 규식이 애달파하며 그녀의 뒤를 따랐다. 천천히 걸어가던 덕이가 나무 아래 멈춰 섰다. 손을 뻗어 노송을 붙든 덕이가 어찔하다가 다시 호흡을 가다듬으며 균형을 찾았다. 규식이 불안한 시선으로 그녀를 보았다.

"나리는 좋은 분입니다. 허나 나리께 갈 수 없습니다. 가지 못합니다."

"그자는 죽었습니다."

덕이의 몸이 잠시 휘청거렸다.

"그분은 제게 살아라 하셨습니다. 살아, 나리와 혼인하고 아이를 낳길 원하셨습니다."

"그러니…… 제게 오시면 될 것 아닙니까."

"그럴 수 없습니다."

"왜요. 왜 나는 아닙니까."

"나리가 나쁜 사람이었으면 그저 혼인할 생각으로 갔을 것입니다. 들키든 말든 내가 원하는 것만 취하면 그뿐이다, 생각했을 것입니다. 노비로 태어났는데 정경부인으로 살 수 있다니, 기적 같은 일이니까요. 심지어 도련님도 제게 그리 살아달라 부탁까지 했으니까요."

"그런데 왜 안 하겠다는 것입니까. 내가 탓하지 않는다지 않습니까. 소저에게 그 기적이 일어나게 해준다질 않습니까."

"나리는 좋은 분이십니다!"

덕이의 두 눈에 눈물이 고였다.

"나리 덕분에 저는 제가 사랑받을 수 있는 여인이라는 것을 알게 되었습니다. 그래서 갈 수 없습니다. 나리는 꾸며진 저를 사랑하십니다. 그것도 저이지요. 허나 저는 꾸며지지 않은 뒷면이 훨씬 더 크고 많은 여자입니다. 저를 그리 예뻐해주시는 나리에게 제 뒷모습까지 보여드리고 싶지 않습니다. 실망시켜 드리고 싶지 않습니다. 여인으로서 그저 좋은 모습만 기억되게 하고 싶습니다. 그래서 가지 않을 것입니다."

"나는 낭자의 모든 것을 사랑합니다."

"아니요, 아니에요. 나리는 모르십니다. 제가 어떤 여자인지 하나도 모르십니다. 모르시니 사랑하는 것입니다. 나리가 고맙지만 그것은 사랑이 아닙니다."

무너지며 오열하는 덕이를 차마 더 보지 못하고 규식이 고개를 돌렸다.

"그자는…… 그대의 뒷면을 아는 자요?"

목소리가 꽉 잠겨 물어보는 말을 제대로 내뱉기도 힘들었다.

"그자는 그대를 이용했소! 이용했을 뿐이오. 그런데 어떻게 그런 자를 사랑할 수 있단 말이오."

"처음으로 제가 이용당할 가치라도 있다는 것을 알아봐준 분이니까요."

규식이 넋이 나간 표정으로 덕이를 보았다.

"꾸며지기 이전의 저를 봐준 분이니까요. 형편없는 제 뒷모습까지도 웃으면서 지켜봐주셨으니까요. 그리고 저를 이리 만들어주셨으니까요."

마른 입술을 깨물었다. 이런 말을 듣고자 오늘 여길 찾은 것이 아니었다.

"그분 앞에서 저는 자유롭습니다."

황급히 제 손으로 눈을 가리며 규식이 등을 돌렸다.

"우린 혼인할 것이오."

"나리!"

"평생 내게 고운 모습만 보이며 사시오. 그럼 일생을 부족함 없이 사랑해주겠소. 평안한 일생을 보장해주겠소. 그것으로 만족하시오."

"좋아합니다. 나리를 좋아합니다."

돌아선 규식의 등 뒤로 덕이의 외침이 들려왔다.

"좋아해서 이리 말씀드리는 것입니다. 좋아하는 분을 상처 입히고 싶지 않습니다. 나리는 좋은 분이십니다. 그러니 보내주시어요. 제가 좋아하는 분을 불행하게 만드는 여인이 되게 하지 마시어요."

흐느끼는 덕이의 울음소리를 들으며 규식이 붉게 충혈된 눈으로 하늘을 보았다.

"결국 그래야 한다면 저는 나리 곁에서 천천히, 천천히 죽어갈 것입니다. 그런 저를 옆에 둔다 한들 나리가 어찌 행복하시겠습니까."

행복하지 않을 것이다. 그 말에 규식은 마지막까지 붙들고 있던 끈을 놓았다. 그래서 그 반동인 것처럼 휘청거렸다. 그것을 들키지 않으려는 것처럼 걸음을 놓았다. 덕이의 울음소리가 바람을 타고 규식의 곁을 스쳐 지나갔다. 좋아한다는 고백이 이리 슬플 줄은 몰랐다.

일정한 속도로 걸어가던 말이 멈춰 섰다. 규식이 퍼뜩 현실로 돌아왔다. 부부인의 집 앞이었다. 사람들이 웅성거리며 잔뜩 모여 있었다. 규식이 말에서 내리자 다들 기뻐하며 집 안으로 달려 들어갔다.

"평소에도 인물이 훤했지만, 이리 보니 자네 정말 질투가 날 정도로 잘 생겼구만."

두 팔을 활짝 벌린 국영이 그를 가볍게 안았다.

"그 아이는 청으로 가는 배에 올랐네. 자네에게 고맙다고 꼭 전해 달라 부탁하였다네."

낮은 목소리로 빠르게 규식의 귓가에 속삭인 국영이 환하게 웃으며 몸을 떼어냈다.

"이 사람, 처음도 아니면서 혼례날 이리 긴장할 건 무엔가. 얼굴 좀 펴시게. 신부를 보면 절로 입이 벌어질 것이야. 썩 미인이거든. 자넨 아주 복이 터졌어."

국영이 소리 내어 웃자 모여 있는 이들이 따라 웃었다.

마당 가운데 대례상이 차려져 있었다. 국영이 규식을 마당 한쪽에 만들어 놓은 전안청으로 안내했다.

전안상 앞에는 부부인과 혼주인 산을 대신해 영의정이 자리하고 있었다.

신랑이 전안청 안에 차려진 전안상 앞에 무릎을 꿇고 앉자 돌이가 나무로 만든 기러기인 목안을 손에 쥐어주었다. 규식이 상 위에 그 것을 내려놓은 뒤 사배했다. 그가 이 절을 하는 사이에 부부인이 목 안을 치마로 받아들고 신부가 있는 안방으로 던졌다.

"아들이다!"

목안이 일어선 것을 보고 모두가 기뻐하며 웃음을 터뜨렸다.

절을 마친 신랑이 일어나 대례상의 동쪽에 섰다. 안방에서 원삼을 입고 손을 가린 한삼으로 얼굴을 가린 신부가 수모의 부축을 받으며 그의 앞에 섰다.

수모의 도움을 받아 신부가 일배했다. 절을 할 때마다 조금씩 보이는 얼굴이, 국영의 말대로 미인이라 할 만했다. 아담한 키에 동그스름한 어깨, 앳된 얼굴이 복스러웠다.

앞으로 저 여인을 사랑해야 할 것이다. 덕이 말대로 저 여인이 규식을 있는 그대로 사랑해주기를 바라야 할 것이다. 행복할 수 있을까. 아직은 자신이 없었다. 머릿속에는 여전히 청나라로 가는 배에 탔다는 덕이가 떠나지 않았다. 이대로 이 자리를 떨치고 나가 그 배에 타고 싶었다. 그러나 그러지 못할 자신을 누구보다 잘 알았다. 아마 형수만큼 용기가 없어 자신에게 주어진 삶은 이럴 수밖에 없는 거라고 그는 자조했다. 이젠 신랑이 절을 할 차례였다.

국영의 칼은 형수의 머리가 아닌 갓을 베었다.

"좌의정의 사람들과 함께 왔네. 그들은 자네가 죽은 줄 알아야 하네. 방금 그네들이 이곳을 지나갔으니 다시 돌아오기 전에 어서 몸을 피하시게. 자네는 내 칼을 피하다가 절벽 아래로 떨어진 게야."

놀라는 형수에게 국영은 시간이 없다는 듯 연이어 피신할 수 있는 곳까지 알려주었다.

"나리!"

"동세는 죽을 걸세. 자네 탓이 아니야. 그건 어찌할 수 없는 일이네."

"왜 동세는 죽고 저는 살려주십니까?"

"그대는 하늘을 보았고, 동세는 땅에 서 있었지. 세상의 이치대로라면 동세가 살고 자네가 죽었을 것이나 갓 보위에 오른 전하께서는 자네를 택하셨네. 그래서 이번엔 자네가 살았네."

결국 삶과 죽음은 권력자의 필요에 의해 정해지는 것이다. 원한다고 제 맘대로 죽을 수 있는 목숨이 아니었다.

"덕이는……."

"덕이는 어찌 될지 확답해줄 수 없네. 조용히 몸을 숨기고 기다리시게. 일단 살아야 기회도 있지 않겠나."

국영이 떨어진 형수의 갓을 저 멀리 집어던졌다. 국영이 작게 접은 쪽지를 형수에게 건넸다.

"이곳으로 가 몸을 피하시게."

국영이 형수에게 다시 연락한 것은 달포가 훨씬 지난 후였다.

눈 밑이 시커멓게 꺼진 왕초가 서찰을 가지고 형수를 찾아왔다.

"그 친구 시체는 야밤에 내가 몰래 챙겼소."

거칠한 왕초의 두 손이 뜨겁게 형수를 붙잡았다.

"살았으믄 됐네. 개똥밭에 굴러도 이승이 낫다고, 살아야 다음 날 해 뜨는 것도 보는 기제. 큰소리만 쳐놓고선 필요할 때 몬 도와준 거 같아가 내 맴이 어찌나 안 좋던지……."

"자네 탓이 아닐세. 고맙네."

왕초가 고개를 주억거렸다.

"또 언제 보노?"

"모르겠네."

"뭐 살아있음 또 보겠지."

씩 웃으며 왕초가 돌아섰다.

팔자걸음으로 터덜터덜 걸어가는 왕초의 뒷모습이 보이지 않을 때까지 형수가 자리에 가만히 서 있었다. 살면서 순간순간 저 모습이 참 그리울 것 같단 생각이 들었다.

왕초가 전해준 서찰은 두 개였다.

첫 번째 것은 국영이 보낸 것으로 그동안 있었던 일들과 앞으로 해야 할 일들을 알려주는 것이었다. 규식이 어젯밤에 조용히 산을 찾아와 덕이가 아닌 진짜 홍소저와 혼인하겠다는 결심을 밝혔다고 했다. 혼례날 소란한 틈을 타 한양을 빠져나가 청나라로 향하는 배에 타라고 적혀 있었다.

배편은 이미 구해놓았고 짐과 노잣돈은 월향이 챙겨줄 거라는 내용과 함께 혼례날 새벽부터 어떻게 움직여야 하는지 상세하게 적혀 있었다.

두 번째 서찰은 산이 보낸 것이었다. 동세와 가벼이 일을 벌인 것을 엄중히 혼내는 것으로 시작한 내용은 치영의 이야기로 끝을 맺고 있었다.

너를 어찌할까 긴 시간 고민하였다.

네 능력이 아까워 일단 살려두긴 했으나 나를 믿지 못하는 신하를 살려 두는 것이 과연 옳은 일인지 확신할 수 없었다. 고민을 거듭하고 있을 때 네 아비가 찾아왔다.

강대감의 육신은 많이 허물어져 있었다. 혼자 제대로 걷지도 못하는 몸으로 강 대감은 보위에 오른 것을 감축하기 위해 왔다고 했다. 그러나 실은 너를 걱정해 온 것임을 알 수 있었다. 너 때문에 속을 얼마나 태운 것인지 늙은 아비의 두 눈은 붉게 충혈되어 있었고 입술은 핏기 없이 바싹 말라 있었다.

네 아비를 보는 순간 내 아비가 떠올랐다. 천륜을 앞서는 대의가 어디 있겠는가. 그래서 너를 죽이지 않겠다 결심했다. 나는 네 아비에게 네가 살아 있다고 하였다. 아주 오랫동안 강 대감은 나를 붙잡고 울며 고맙다고 수 없이 말하다가 돌아갔다.

눈물이 번져 더 이상 편지를 읽을 수가 없었다. 형수가 끅끅거리며 오열했다.

옥루각의 등불이 모두 꺼진 아주 늦은 밤 형수는 담을 넘어 들어와 안채에 몸을 숨겼다.

월향은 형수를 보고 놀라지 않았다. 기다리고 있었다는 듯 노잣돈과 미리 싸놓은 짐을 내밀었다.

"내일 새벽에 덕이가 올 것이다. 네 아비에게 들렀다 가거라. 병환이 깊어지셨다. 눈 감기 전에 며느리는 보셔야 하지 않겠느냐."

말을 미처 끝내기도 전에 월향이 황급히 고개를 숙였다. 후드득, 눈물이 떨어졌다.

월향의 말대로 날이 채 밝기 전 이른 새벽, 마치 보쌈당한 여자처럼 흰 자루에 담긴 덕이가 옥루각으로 돌아왔다.

오랜만에 만난 두 사람은 반갑다는 말도 괜찮았냐는 말도 못하고 그저 믿기지 않는다는 듯이 서로를 바라보기만 했다. 그러나 감상에 젖을 시간이 없었다. 아침 배를 타려면 서둘러야 했다.

월향은 덕이를 단장시키고 형수 역시 깨끗한 옷으로 갈아입힌 후 서둘러 치영의 집으로 보냈다. 미리 약속되어 있었던 듯 치영의 집 솟을대문이 열려 있었다.

형수와 덕이가 안으로 들어갔다. 불이 꺼진 고요하고 어두운 집 안에서 환한 불빛이 새어나오는 곳은 사랑채뿐이었다.

나란히 서서 절을 올리는 덕이와 형수를 보는 치영의 표정이 감회에 젖었다. 치영은 병환이 깊어 이젠 혼자 앉아 있는 것조차 힘들어 보였다.

"아가, 이리 오너라."

숨을 몰아쉬며 치영이 덕이를 향해 손을 내밀었다.

덕이가 치영의 곁에 다가가 손을 잡았다.

"밥을 함께 먹어야 식구인데, 따뜻한 밥 한 끼 못 먹이고 떠나보내야 하니 내 마음이 좋지 않구나."

"대감마님 밥을 먹고 자랐습니다. 그러니 괜찮습니다. 이미 식구입니다."

덕이의 대답이 기특한 듯 치영의 입가에 흐뭇한 미소가 떠올랐다. 그러나 이내 치영이 몸을 들썩이며 거친 기침을 토해냈다.

황급히 부축하려는 덕이를 밀어내며 치영이 형수를 향해 손을 내저었다.

"어서, 어서 가거라. 지체하지 말고 얼른."

기침을 계속하면서도 치영은 끝내 가까이 다가오지 못하게 했다. 형수가 다시 한 번 치영에게 큰 절을 올렸다.

"돌아올 때까지…… 건강하십시오, 아버님."

치영이 눈물을 글썽이며 고개를 끄덕였다.

형수와 덕이가 치영의 집 밖으로 나오자 국영이 말과 가마를 준비한 채 기다리고 있었다. 덕이가 막 가마에 올라타려는 순간, 열린 대문 사이로 덕이의 아비가 비를 들고 나왔다.

하품을 쩍 하며 집 앞을 쓰는 제 아비에게서 덕이는 눈을 떼지 못했다.

"한 번만, 한 번만 인사를."

형수가 허락하자 덕이가 종종걸음으로 제 아비에게 달려갔다.

"저기……."

비질을 하던 덕이 아범이 황급히 허리를 깊이 숙여 인사했다.

"아이고, 이 새벽에 절에라도 다녀오시나 봅니다."

누군지 얼굴도 보지 않았다. 아니 볼 필요도 없었을 것이다. 반가의 여인에게 으레 하는 예의였으니 말이다. 그 순간 덕이는 자신과 제 아비의 처지를 실감했다.

"누가…… 이것을 좀 전해주라 해서요."

덕이가 더듬거리며 소매에서 노리개를 꺼냈다. 그것을 본 덕이 아범이 눈이 휘둥그레지더니 바닥에 무릎을 꿇고 앉아 이마가 땅에 닿도록 절을 했다.

"제 것이 아닙니다요. 누가 실수를 한 것입니다요. 이러지 마십시오, 이러지 마십시오."

두 손을 머리 위로 올리며 싹싹 비는 제 아비의 모습에 덕이가 허탈감을 느끼며 손을 떨어뜨렸다. 멀리서 국영이 다급하게 손짓했다. 결국 덕이는 그 이상 아무 말도 하지 못한 채 돌아서야 했다.

"경솔한 짓을 할 뻔하지 않았는가!"

책망하는 국영을 멍하니 보던 덕이가 여전히 손에 쥐고 있던 노리개를 국영에게 건넸다.

"저 대신 좀 전해주십시오. 저는 이제 줄 수 없습니다."

덕이가 끝내 울음을 터뜨렸다. 노리개를 소매 속에 집어넣으며 국영이 꼭 전해주겠노라 약조했다.

꽃

　하루 종일 종종거린 국영이 바쁘게 후원으로 향했다.

　형수와 덕이를 무사히 배에 태운 후 국영은 곧장 부부인에게 달려
갔다.

　부부인에게 형수와 덕이가 무탈한 것도 알려줘야 했으며, 무엇보
다 이 혼인이 아무 문제없이 잘 끝날 것이고, 규식이 누구보다 혼인
을 원했다는 말을 꼭 전해야 했기 때문이다.

　그뿐인가. 혼례를 치르는 동안은 마음을 졸이며 내내 규식의 눈치
를 살펴야 했다. 그 어느 때보다 국영에겐 힘든 하루였다.

　이젠 이 긴 이야기를 모두 산에게 전해야 했다. 두 사람은 잘 떠났
으며, 두 사람의 혼인은 잘 끝났다. 규식은 술이 두어 잔 들어간 뒤
엔 굳었던 얼굴을 풀고 간간이 미소 지었고, 그것을 본 부부인은 그
제야 안심했다. 그것 외에도 아주 사소한 것 하나도 빼먹지 않기 위
해 국영은 노력했다.

　마지막으로 두 사람이 합방하는 것까지 보고 왔다고 고하자 산이
호쾌한 웃음을 터뜨렸다.

　"저 보기엔 덕이보다 고운 처자였습니다. 사실 덕이는 삐죽하니
키가 큰데다가 월향이 애써 꾸며놓아 예쁘장한 것이지 타고난 미인
은 아니지 않습니까. 헌데 홍소저는 아담하니 키도 적당하고 눈코
입이 조화로운 타고난 미인이었습니다. 덕이보다 미색이 월등히 나

은 것을 보니 아마 최승지도 자신의 선택을 후회하지 않을 것입니다."

"그것 참 다행이구만. 역시 미모는 타고나는 모양이야."

"그럼요. 그리 쉽게 따라할 수 있는 것이 아니지요. 덕이도 썩 훌륭하긴 했습니다만."

농이 섞인 국영의 말을 받으며 산이 다시 한 번 웃음을 터뜨렸다.

"일이 모두 잘 마무리 되었으니, 소신 이제 궁금한 것을 마마께 여쭤도 되겠습니까?"

"무엇인가?"

"어이하여 혼인 전에 덕이의 정체를 규식에게 알린 것입니까. 원래는 혼인 뒤에 거래하실 생각 아니셨습니까."

"혼인까지 갈 필요가 없다 생각될 정도로 최대관의 애정을 확신했다. 그리고 혼인까지 가면 안 된다 생각될 정도로 덕이와 강형수 사이의 애정을 확인했다."

산이 빙그레 웃으며 국영을 보았다.

"사람과 사람 사이의 일이 아니더냐. 그들을 위해 처음 시작한 이 일이 정작 그들을 고통스럽게 해선 안 되지 않겠느냐. 처음 시작하는 정치를 그리하고 싶지는 않았다."

"만약 최대관이 마마의 뜻대로 움직여주지 않았다면 아주 위험할 뻔하지 않았습니까."

"고작 일 년 같이 산 부인을 위해 삼년상을 치른 자다. 그는 사람에 대한 예의가 있는 자야. 그가 사랑하는 여인을 아프게 할 리 없지."

산이 빙그레 미소 지었다. 모든 일들이 제 뜻대로 풀린 것에 대해 지극히 만족하는 미소였다. 그 모습이 보기 좋으면서도 내내 자신이 맘 졸였던 것이 떠오르자 국영은 슬쩍 약이 올랐다.

"신은 아무리 생각해도 일이 다 잘 된 것만은 아닌 것 같습니다."

"무슨 말인가?"

"아까운 인재를 놓치지 않았습니까. 강형수를 무척이나 아까워하셨는데 청으로 보냈으니 말입니다."

산은 처음부터 강형수에게 반했다. 국영이 질투가 날 정도였다. 동세가 만섭에게 모든 것을 털어놓는 변수가 생겼을 때, 산은 자신이 위험해지는 것을 감수하고서라도 형수만큼은 어떻게든 살리고 싶어 했다. 그런 형수를 청나라로 보낸 것이다. 청나라로 도망치게 하는 것이 일단 지금으로서는 최선이라 그리할 수밖에 없었다.

"영 청나라에 보낸 게 아닌데 무엇을 걱정하는가?"

"네?"

"유학을 보낸 거야. 상황이 나아지면 다시 불러와야지. 이왕이면 최승지가 첫 아들을 낳은 후가 좋겠지? 빨리 우리 처제가 떡두꺼비 같은 아들을 낳아줘야 할 텐데 말이야."

산이 태연스럽게 말을 이었다.

"가만 보면 최승지와 강형수가 제법 잘 어울리거든. 둘은 그 어떤 예의나 법도보다 사람을 가장 앞에 놓지 않나. 두 사람이 함께 있게 된다면 이 나라를 받치는 튼튼한 두 기둥이 될 것이야."

졌다. 국영은 고개를 절레절레 저으며 웃음을 터뜨렸다. 집현전에서 잠든 신숙주에게 겉옷을 벗어준 세종대왕처럼 산 역시 신하를 끔찍하게 아끼는 왕이었다. 그런 산이 형수와 같은 인재를 놓칠 리 없었다. 제 짧은 소견을 부끄러워하며 국영이 산 앞에 머리를 조아렸다.

"규장각을 단장하고 모든 것이 안정되면 돌아오게 할 걸세. 수신제가 치국평천하라 하였어. 그의 아내는, 조선 최고의 요조숙녀인데 그런 아내를 둔 사내를 놀릴 수는 없는 노릇 아닌가?"

"요조숙녀라기엔 아직 좀 부족하지 않습니까?"

"시간이 부족해 덜 만들어진 게지. 강형수와 몇 년 더 지내다보면 완벽해지지 않겠는가? 좋은 스승이 이제 배필이 되었으니 말일세."

어두운 후원에 산과 국영의 호쾌한 웃음소리가 울려 퍼졌다.

"무슨 생각을 그리 하는 것이냐?"

하염없이 어두운 밤바다를 바라보고 서 있는 덕이 곁에 형수가 다가섰다.

"어머니와 아버지 생각을 하고 있었습니다."

"씁쓸한 것이냐?"

"모르겠습니다. 이 마음이 무엇인지."

자꾸만 슬퍼지는 덕이의 두 눈을 보던 형수가 부러 쾌활하게 말을 건넸다.

"바다는 어떠냐? 네 생각처럼 좋으냐?"

"기대했던 것보다는 별로입니다. 엄청 좋을 줄 알았는데."

"그래?"

"네. 신기하긴 합니다. 물이 이리 많다는 게요."

"어지러운 것은 좀 나아졌느냐?"

"네."

"조심하여라. 곧 다시 어지러울지도 모른다. 배 멀미가 심하면 누워 있는 것조차 고역이니라."

"어찌 그리 잘 아십니까? 바다 배는 타신 적이 없으시다면서요."

"전해 들었지."

태연한 형수의 대답에 덕이가 어이없다는 듯이 웃었다. 웃는 덕이를 보던 형수가 가만히 손을 잡았다.

"후회하지 않느냐?"

"무엇을요?"

"정경부인이 되지 못했지 않느냐."

"그놈의 정경부인 타령 좀 그만하시어요. 도련님은요? 벼슬길에 출사하지도 못한 채 이리 도망자 신세가 되었는데 괜찮으십니까?"

이번엔 형수가 먼저 웃었다. 덕이가 형수의 손 위에 제 손을 겹쳤다.

"나는 처음부터 뜨내기였다. 하늘을 보는 자라, 좋게 말해준 것일 뿐 결국은 뜬구름 잡는 위인이라는 말 아니겠느냐. 나는 그저, 나를 따라 다닐 네 신세가 고단할 것이 걱정일 뿐이다."

형수가 씁쓸한 표정으로 고개를 돌렸다. 어둠 속에 잠긴 그의 옆모습을 보던 덕이가 재빨리 형수의 볼에 입을 맞추었다. 화들짝 놀란 형수가 덕이를 바라보았다.

부끄러운 듯 덕이가 고개를 숙였다. 형수의 두 손이 덕이의 얼굴을 감쌌다.

수줍은 듯 덕이가 겨우 고개를 드는 순간, 형수가 깊게 덕이의 입술에 입을 맞추었다. 결코 떨어지지 않겠다는 듯, 두 사람이 서로를 꼭 껴안았다.

(끝)